花間燈
絵：sune
JN067340
ランジェリーガールをお気に召すまま 4
Lingerie girl wo okini mesu mama
Presented by Hanama Tomo
Illustration:sune

「それにしても浜崎さん、ドレス似合ってるね」

「え？　そう？」
Lingerie girl
wo
okini mesu mama 4

「お帰りなさいませ〜、魔王様♡」

Lingerie girl
wo
okini mesu mama 4

「さあ、恵太先輩……」

Lingerie girl
wo
okini mesu mama 4
「ねえ、浦島……」

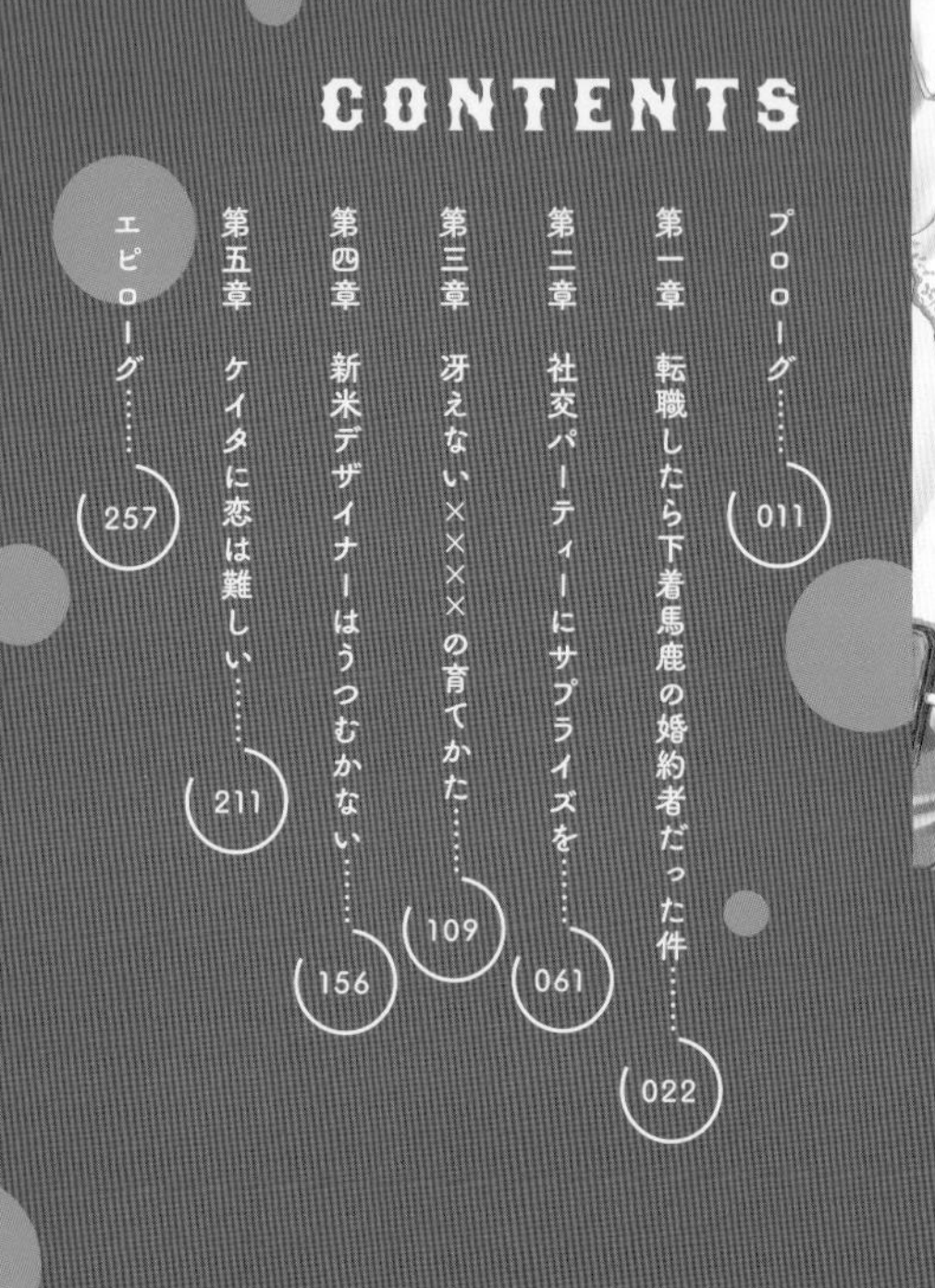

CONTENTS

ランジェリーガールを
お気に召すまま 4

花間 燈

MF文庫J

口絵・本文イラスト●sune

プロローグ
Prologue

夏休み明けの放課後、私立翠彩高等学校の被服準備室にて、浦島恵太をはじめとするリユグのメンバー五人がテーブルを囲んでいた。

上座に座った澪から時計回りに恵太、雪菜、絢花、瑠衣の席順で。

神妙な表情を浮かべた恵太は、正面の席に腰掛けた浜崎瑠衣に質問を投げかけた。

「――それで？　どうして俺と浜崎さんが結婚するって話になるの？」

数分前、慌てた様子で準備室に駆け込んできた彼女の証言によれば、なんでも彼女の父親である浜崎悠磨氏が、自分の娘と恵太が結婚すると思っているらしいのだが……

無論、恵太にとっては寝耳に水の話。

他のメンバーも同様なのは彼女たちの困惑した表情からも読み取れる。

なんとも張り詰めた空気の中、褐色の肌の同級生が気まずげに口を開く。

「実はさっきパパから連絡があってさ、最近、浦島とうまくやれてるかって訊かれたんだよね。最初は仕事のことだと思ったんだけど、なんだか話が嚙み合わなくて……そしたら急に〝ふたりは将来を誓い合った仲なんだから、仲良くしなきゃダメだぞ〟って嬉しそうに言われちゃって……」

「それは、俺と浜崎さんの仲を完全に誤解してるね……」

「けど、なぜそんなことに？」

「あたしのパパ、思い込みが激しいところがあるから……」

澪の疑問にそう答えて、瑠衣が話を続ける。

「思い返すと、けっこう前からパパの様子がおかしかったんだよね。どうもリュグに引き抜かれた時点で浦島との関係を邪推してたみたいだし、あたしと浦島がラブラブカップルだと信じて疑ってない感じだった」

「飛躍がすぎるね」

まとめるとこんな感じだ。

悠磨氏は『瑠衣がリュグに引き抜かれたこと＝恵太が愛娘のことを気に入った』と解釈していて、瑠衣もその申し出を受け入れたのでめでたくカップル成立――といった具合。

彼の中で、引き抜きの話と恋愛の話が混同してしまっているらしい。

「そういえば悠磨さん、妙なことを口走ってたっけ」

「妙なこと？」

「うん。前に浜崎さんの引き抜きのことで話した時、近いうちに孫の顔が見られるかもとか言ってたね」

「いや、孫って……」

「今思えば、あの時から誤解してたんだろうね」

　それにしたっていくらなんでも気が早すぎると思うが。

　瑠衣の言う通り、どうにも彼女の父親は思い込みの激しい性格のようだ。

「それで、悠磨さんの誤解はといたの？」

「それがパパったら、言いたいことだけ言って通話を切っちゃったんだよね。急展開すぎてあたしも動転してたし……」

「ああ、それで慌てて飛び込んできたんだね」

　ともかく事情は理解した。

　情報が出揃ったタイミングで、話を聞いていた絢花がその青い瞳を瑠衣に向ける。

「それで、瑠衣さんはどうするの？　本当に恵太君と結婚するの？」

「そ、そんなわけないじゃん！　こんな下着馬鹿と結婚とか、勘違いされてあたしだって迷惑してるんだから！」

「下着馬鹿……」

　酷い言い草だが、しかし妥当な評価だった。

　恵太が下着作りに傾倒しているのは事実だし、むしろ『下着馬鹿』という称号は誇らしくさえある。

（けど、浜崎さんと結婚か……）

改めて目の前に座る褐色の肌の少女を見る。

目鼻立ちは整っているし、褐色の肌は健康的だし、他のメンバー同様かなりレベルの高い美少女だ。

職種も同じだし、話も合うから、もしも彼女と結婚したら意外と毎日が楽しいかもしれない。

そんなことを考えていると、左隣の雪菜が話しかけてくる。

「要するに、結婚の話は浜崎先輩のお父さんの勘違いなんですよね？」

「ん？　ああ、そういうことになるね」

「じゃあ、恵太先輩は早くお父さんと連絡を取って誤解をといてくださいね」

「え？　……あ、うん……そうだね？」

後輩女子の冷たい口調に戸惑いつつ、頷く。

瑠衣が乱入してくるまでは別人かと思うほど恵太にベタベタ甘えていたのに、今の雪菜は打って変わってとげとげしい態度だ。

完全にそっぽを向いてしまって目も合わせてくれないし。

「雪菜ちゃん、もしかして怒ってる？」

「別に怒ってないです」

「それにしては、雪菜ちゃんのほっぺが見たことないくらい膨らんでるんだけど……」

まるで焼いたお餅みたいだ。

指で突いたら破裂しそう。それくらい見事な膨らみ。

鈍感と評判の恵太でも、雪菜のそれが『やきもち』からくる表情だと読み取れて。

もしかすると、やきもちの語源は女の子がほっぺを膨らませている様子からきているのかもしれないと思った。

「私という可愛(かわい)い彼女候補がいるのに、婚約者がいるとかどういう了見なんですか？　説明を求めます！」

「説明と言われても……」

こちらもまだ事情を掴(つか)みきれていないわけで、恨めしげに見つめられても困る。

ちなみにどうして黒髪の巨乳美女こと長谷川(はせがわ)雪菜さんが怒っているかといえば、彼女が浦島(うらしま)恵太に惚(ほ)れており、また告白も済ませているからに他ならない。

しかも返事は絶賛保留中だったりするので余計にややこしい。

唐突なピンチに助け舟を出したのは、今まで黙っていた金髪の上級生だった。

「そもそも、別に雪菜さんと恵太君は付き合ってるわけじゃないでしょ？」

「む……」

「本当に恵太君に婚約者がいたとしても、恋人でもない雪菜さんが文句を言うのはお門違(かどちが)いだと思うわ」

「むむぅ……」

絢花の指摘に雪菜が唇を尖らせる。

なんというか、いつになく険悪な雰囲気だ。

普段、温厚な絢花もなんだかピリピリしているし。

そんなメンバーたちの様子を見ながら瑠衣が澪のほうに体を寄せた。

「あたしがいない間に、なにかあったの？」

「それが実に興味深いことになってまして。夏休みに雪菜が告白したそうですよ、浦島君に」

「えっ、ほんとに!?」

「まあ、驚きますよね」

「……そういえば、夏休みにふたりでデートしてたっけ……忙しそうなフリしてやることやってたわけか……」

事情を知った瑠衣が恵太にジト目を向ける。

それに続き、なぜか絢花も恵太にジト目を向けた。

「雪菜さんに告白されたり、瑠衣さんみたいな婚約者ができたり、女の子にモテモテで羨ましいわね」

「や、結婚の件は誤解なんだけど……あれ？　絢花ちゃんも怒ってる？」

「別に怒ってないけど。仮に怒ってたとして、どうして怒ってるんだと思う？」

「なにその哲学みたいな問題……。う、うーん……もしかして、俺が絢花ちゃんのハーレムを脅かそうとしてるから？」

三度の飯より女の子が好きな絢花のことだ。

美少女たちにチヤホヤされているのが気に食わないのかと思ったのだが、彼女からの返答は呆れたようなため息だった。

「恵太君は本当にあんぽんたんね」

「あんぽんたん⁉」

恵太の回答は不正解だった模様。

ハーレムの崩壊以外に絢花が怒る理由など見当もつかないが、今は幼馴染のご機嫌を取っている場合ではない。

「まあ、雪菜ちゃんの言う通り誤解はといておかないとね。——浜崎さん、悠磨さんの空いてる時間とかわかる？」

「たぶん、夜なら電話しても大丈夫だと思う」

「じゃあ今夜、うちに集まって一緒に連絡しよう」

乙葉にノートPCを借りれば三人同時に通話ができる。

普通に電話でもいいかもしれないが、誤解をとくのであれば関係者が一堂に会したほうがわかりやすいし、話も早く済むはずだ。

その日の夜、浦島家のリビングに私服に着替えた恵太と瑠衣の姿があった。

ふたりはダイニングテーブルに並んで座り、天板の上に置いたノートPCを覗き込んでいるのだが、その画面には褐色の肌の中年男性が映っていて――

「やあ、ふたりとも。一緒に近況報告をしたいだなんて本当にラブラブだね～」

瑠衣の父親であり、ランジェリーブランド『KOAKUMATiC』の社長でもある浜崎悠磨氏が、初っ端からフルスロットルな勘違いを炸裂させていた。

「あ、もしかして報告したいことって結婚に関することかな？　いやいや、もちろん反対はしないけど、さすがに学校を卒業するまではダメだよ？」

「いや、あの……」

戸惑う恵太をよそに瑠衣パパの暴走が止まらない。

お酒でも飲んでいるのかと思うほどハイテンション。

報告通り、ふたりがカップルだと信じて疑っていないようだ。

（まさかここまで思い込みが激しい人だったとは……）

このまま放置すると更に面倒なことになりそうだし、身内の暴走を恥じて同級生が死んだ魚のような目をしているのでさっさと誤解をといてしまおう。

「あの、悠磨さん。実はそのことでお話があるんですけど――」

「いやー、しかしよかったよ。ふたりとも仲良くやれてるみたいで」

「え？」

「瑠衣に聞いたけど、風邪を引いた時に看病してくれたり、夜に一緒にテスト勉強したりしたんだってね」

「あ、すみません。夜遅くに部屋に入り浸ってしまって」

「ぜんぜん問題ないよ。なんたって、ふたりは付き合ってるんだしね。――まあ、もしもふたりが交際してなかったらさすがに物申してたけど。付き合ってもいない男が深夜に娘と同じ部屋で過ごすなんて、父親としては到底許せないしね。あはは」

「………」

発言の内容に思わず無言になってしまった。

悠磨氏は笑っていたが、目はぜんぜん笑っていなかった。

「いやあ、本当によかった。もしもふたりが付き合ってなかったら、瑠衣の一人暮らしの件も考え直さなきゃいけないところだったよ」

「えっ!?」

「引っ越した先が恵太君の家の隣だったのは偶然だし、仕事もあるから多少は仕方ないとはいえ、彼氏でもない男が夜な夜な娘の部屋に通ってたら気が気じゃないからね」

「で、ですよねー……」

彼氏でもないのに夜な夜な部屋に入り浸っていたため曖昧に頷くことしかできない。

そしてその直後、脳裏にひとつの疑問が浮かんだ。

（あれ？　これって、俺たちがカップルじゃないって知られたらマズいんじゃ……？　最悪、浜崎さんが実家に連れ戻されてしまうのでは!?）

瑠衣の一人暮らしが解消されるだけならまだいい。

しかし、彼女との雇用契約まで撤回されたら大変だ。

現在リュグに所属しているパタンナーは浜崎瑠衣だけだし、彼女を失えば新作ランジェリーの制作ができなくなる。

そうなれば最後、『RYUGU・JEWEL』は再び倒産の危機を迎えてしまうだろう。

さりげなく隣を見れば瑠衣も同じように顔を青ざめさせており、画面の向こうの悠磨に聞こえないよう声を潜めて相談する。

「（どうしよう浜崎さん!?　今さら浜崎さんを連れ戻されるのは困るんだけど!?）」

「（あたしだって経験を積む前に連れ戻されるのは困るんだけど!!）」

恵太としては、優秀なパタンナーである瑠衣を失うのは避けたい。

瑠衣としても、恵太の元でデザイナーとしての腕を磨くまでは連れ戻されたくない。

「……」

「……」

この瞬間、ふたりの利害は完全に一致した。

アイコンタクトをしたのち、ふたりは同時に頷き合う。

覚悟を決めた恵太は悠磨の前で彼の愛娘（まなむすめ）の肩を大胆に抱き寄せ、瑠衣もまた甘えるように恵太に身を寄せる。

魅力的な異性とのこれ以上ない密度での接触。

自然と沸き起こる不埒（ふらち）な考えを振り払うように浦島（うらしま）恵太は全力で叫んだ。

「安心してください悠磨さん！　俺たち、ご覧の通りのラブラブカップルですから！」

「そうそう！　順調に愛を育んでるし、なんの心配もいらないから！」

恵太の表明に瑠衣も続く。

肝心の悠磨氏はといえば、感動したように「うんうん」と頷いていた。

恵太たちが選んだのは『いったん保留』という苦肉の一手。

こうしてふたりは勘違いモンスターこと浜崎悠磨の目を欺くべく、全力でラブラブカップルを演じることになったのである。

　翌日の昼休み、特別教室棟の二階。

　被服準備室で姫咲が作ってくれたお弁当をつつきながら、恵太は向かいの席で自作のお弁当を食べていた澪にこれまでの経緯を説明した。

「それで、浦島君たちはカップルのフリをすることになったと？」

「うん。――とはいえ、別に誰かに監視されてるわけじゃないから、雪菜ちゃんの時と比べたらだいぶ気が楽だけどね」

「それはそうかもしれませんが……」

「カップルのフリをするって、恵太に対し、澪が表情を曇らせる。

　現状を楽観視している恵太に対し、澪が表情を曇らせる。

「カップルのフリをするって、雪菜には伝えたんですか？」

「一応メッセージは送ったけど」

「雪菜はなんて？」

「『わかりました。頑張ってくださいね。応援してます。』って箇条書きで」

「あー……」

「これ、やっぱり怒ってるのかな？」

「確実に。あとでフォローしておいたほうがいいですね」

「そうするよ」

「モテる男子は大変ですね」

「女の子に告白されたの、雪菜ちゃんが初めてなんだけどね」

瑠衣(るい)との結婚話が出た時も怒っていたし、今回もまた荒れそうだ。

澪の言う通り、それとなくフォローしておいたほうがいいだろう。

そんなことを考えていたから、食事の手を止めた澪が、じっと視線を送っていることに気づかなかった。

「浦島君は、どうするつもりなんですか？」

「ん？」

「雪菜のことです。告白の返事、どうするのかなって」

「ああ……」

告白を受けたからには返事が要る。

今はいったん保留という扱いになっているが、ずっとこのままというわけにはいかないし、近いうちに結論を出す必要はあるのだけど……

「正直に言うと、まだわからなくて……。雪菜ちゃんの気持ちは嬉(うれ)しいけど、今はリュグの仕事があるし、恋愛とか考えたこともなかったからね」

「仕事と恋愛を両立してる人なんて、いくらでもいると思いますけど」

「そう言われるとぐうの音も出ないね」

仕事でなくとも、たとえば学業や部活でもいい。

自分が打ち込んでいるものと恋愛。

そのふたつを両立できている人はたくさんいる。

実例がある以上、両方をそつなくこなすことは決して不可能ではないし、自分の考えはただの言い訳なのかもしれない。

「女優の子と付き合えるチャンスですし、OKしちゃえばいいのでは？」

「そういうわけにはいかないよ」

「あんなに可愛い後輩の、いったいなにが不満なんです？」

「雪菜ちゃんに不満があるわけじゃないよ。頑張り屋だし、たまに毒舌だけど仲良くなった相手には優しいし、すごくいい子だから」

「意外とよく見てるんですね」

「ただ、告白自体が初めてだから、対応の仕方がわからなくて……」

「なるほど。つまり浦島君はヘタレを炸裂させているわけですね」

「そんなはっきりと……」

もう少し優しい言葉をかけてほしい。

「浦島君の事情はわかりましたが、もう少し雪菜の気持ちも考えてあげてください」

「水野さんは後輩思いなんだね」

「当たり前じゃないですか。雪菜は大切な友達なんですから」

「もうすっかり仲良しだもんね」

「最近は頻繁におやすみとおはようのメッセがきますよ。変な顔文字付きの」

「それなら俺にもくるよ」

顔文字ではなく、ハートマークがたくさん添えられているやつが。

無論、悪い気はしないが、毎回どう返信していいものか悩んでしまう。

「雪菜のこともそうですが、ずっと恋人のフリを続けるわけにはいかないでしょうし、瑠衣のお父さんのことは早く解決したほうがいいと思います」

「そうだね。なんとか解決方法を考えてみるよ」

いつまでも恋人のフリを続けられるとは思えない。

瑠衣との間に交際関係はないことを明かしつつ、彼女が連れ戻されないための対策を練る必要がある。

「ところで水野さん」

「なんです？」

「水野さんのお弁当、今日はまた一段と個性的な内容だね」

「え、そうですか？」

「うん。端から端までジャガイモ尽くしのお弁当は初めて見たよ」

テーブルに置かれた澪のお弁当はジャガイモ一色だった。

フライドポテトやポテトサラダは定番として、変わり種としてジャガイモのバター醤油炒めなんかもある。

「スーパーの特売でジャガイモが安く手に入ったので。名付けて『芋男爵の大行進弁当』です」

「相変わらず前衛的なネーミングだね」

過去にはもやしのみで構成された『もやし天国弁当』や、それを辛口に仕上げた『もやし地獄弁当』など、個性豊かな弁当名を考案している水野さんである。

弁当箱の中を我が物顔で闊歩するジャガイモを見事に表した命名だった。

「でもイモだけじゃ栄養が偏るし、俺の唐揚げもおひとつどうぞ」

「いいんですか？」

「姫咲ちゃん特製のだし醤油で味付けされてるから美味しいよ」

「わーい♪　ありがとうございます♪」

彼女のお弁当は美味しそうではあったが、やはり栄養の偏りが気になるので、僭越ながらおかずを献上させていただいた。

お礼にバター醤油炒めをもらったが、味がしみていて大変美味しかった。水野さんの幸せそうな笑顔も堪能したし、午後の授業も頑張ろう――恵太がそう思った矢先だった。

「――浦島っ、大変っ!!」

「浜崎さん？」

それは、昨日とよく似た状況。

部屋のドアが勢いよく開き、血相を変えた瑠衣が駆け込んできたのである。

「そんなに慌ててどうしたの？　また紐パンの紐がとれちゃった？」

「だから紐パンじゃないってば！　昨日も言ってたけど、それ好きなの!?」

もちろん嫌いじゃない。

紐パンは男のロマンだと思っているし、いつか恋人の紐パンの紐をほどくのがささやかな夢だったりもするが、どうもそんなアホなことを言える雰囲気ではないようだ。

「それで、本当にどうしたの？」

「それが、さっきまたパパから連絡があったんだけど……今夜、パパとママがうちにくるって……」

「……え？」

この時、恵太はようやく自身の過ちに気がついた。

雪菜の親衛隊の時とは異なり、実際に悠磨氏の監視があるわけではないので、恋人のフリをするにしてもそこまで気を張る必要はない。

そんなふうに、心のどこかで事態を甘く見積もっていた。

安易に放置した〝勘違い〟がどのような未来を招くか想像すらせずに。

「浦島君、いきなり修羅場ですね。頑張ってください」

「が、頑張りまーす……」

他人事のような澪の応援に震える声で返答する。

平日の昼間にもたらされた修羅場のお報せは、恵太の能天気な意識を改めるには充分すぎる威力だった。

それから数時間後の午後七時過ぎ。浜崎瑠衣が生活するマンションの一室、そのリビングで四名の人物が食卓を囲んでいた。

緊張した顔の恵太と瑠衣が並んで着席し。

恵太の正面にはスーツの上着を脱いだ悠磨が、彼の隣には同じくスーツ姿で眼鏡をかけたキャリアウーマン風の女性がそれぞれ椅子に腰掛けていた。

黒髪を頭の後ろでまとめ、少々厳しそうな印象を受ける目つきの女性は浜崎レベッカというらしく、苗字が示す通り瑠衣の実の母親だった。

彼女は悠磨の妻であり、秘書でもあるらしい。

眼鏡が似合ういかにも仕事のデキる女といった感じの女性で、顔立ちは瑠衣と似ているが、瑠衣や悠磨と違い肌は雪のように白い。

(褐色の肌は悠磨さんの家系の特徴なんだっけ)

前に、瑠衣がそんなことを話していた記憶がある。

ちなみに、テーブルには浜崎夫婦が買い込んできたエビフライやチキンなどの料理が詰まったオードブルが鎮座していて、

「へ～、にゃるほどにゃるほど～。それじゃあふたりはまだ苗字で呼び合ってるんだね～」

この通り、食事会が始まったばかりだというのに悠磨氏は完全に酔っぱらっていた。

お酒に弱くて普段はあまり飲まないらしいが、久しぶりに娘に会えたのがよほど嬉しかったようで、持ち込んだ缶ビールを早々に開けてしまったのだ。

「今の若い子はシャイというか、僕が学生だった頃はもっとずっと積極的だったもんだけどな～」

「パパの若い頃とか知らないし、あたしたちにはあたしたちのペースがあるから」

気まずすぎて押し黙っていた恵太に代わり、瑠衣がピシャリと対応してくれる。

その間も、レベッカさんは無言かつ無表情でビールをちびちび飲んでいた。

「悠磨さん、完全に酔ってるね……」

「もうほんと信じらんない……」

父親の醜態を恥じて瑠衣が顔を伏せてしまう。アルコールを摂取した時の乙葉も酷いものだし、身内の醜態ほどいたたまれないものはない。

「ほら社長、いい加減にしてください。ふたりが呆れてますよ」

「ごんめよレベッカさん〜。でも、プライベートの時はいつも通り悠磨さんって呼んでほしいなぁ。できれば語尾にハートマーク付きで♡」

「悠磨さん、あんまり調子に乗ると今月の残業を増やしますよ♡」

「はい、申し訳ありませんでした」

その瞬間、酔っ払いが静かになった。

夫婦の上下関係に戦慄する恵太に、レベッカがメガネ越しの視線を向ける。

「さあ、恵太君もどんどん食べてください」

「い、いただきます……」

食欲はあまりなかったが、何も食べないのも失礼かと思い、手近にあったフランクフルトを頬張ってみる。

「レベッカさんは、悠磨さんの秘書をしてるんですよね？」

「ええ。結婚する前から彼の秘書です。こんな名前ですが、私はゴリゴリの日本人なんですよ。両親が破天荒な人たちで、洋画の登場人物から取ったらしくて」

「僕とレベッカさんの出会いは大学の時なんだけどね。どんなにデートに誘っても食事にすらいってくれなくて、本当に苦戦したんだよ」

「悠磨さんは当時からチャラかったので、ナンパ目的だと思ったんです」

「僕は当時からレベッカさん一筋だったのになぁ」

「その話、耳にタコができるくらい聞いた……」

本当に聞き飽きているようで、瑠衣がうんざりした様子でぼやく。

ただ、その声にはさほど棘はなく、家族特有の気安さが感じられた。

「そういえば瑠衣、恵太君とふたりで撮った写真とかないの？　デートした時のとかさ。パパ、見たいな～」

「そ、そんなのないから！　デートだってしたことないし！」

「……え？　ふたりで撮った写真ないの？」

「一枚もないんですか？　付き合ってからずいぶん経ってるのに……」

「!?」

まずい。ふたりに疑われている。

たしかに現代の若者といえばなにかにつけて写真を撮りたがるもの。

外出すれば行き先で写真を撮ってＳＮＳにアップし、外食すれば運ばれてきた料理を写真に撮ってＳＮＳにアップする生き物である。

付き合いたての若いカップルが、自分たちのツーショット写真を持っていないのはかなり不自然だ。

「それに、一度もデートしてないって本当なのかい？」

「仕事がね！　仕事が忙しかったから！」

「そうそう！　ずっと仕事に追われてたので！」

「ああ、なるほど。俺たち、それは仕方ないね。僕もここのところ忙しくてレベッカさんとデートなんてずいぶんしてないし……」

「先日のデートの約束も、急な仕事が入ってお預けになりましたしね」

「本当にごめんよ……」

破壊力抜群の一撃を受けて悠磨がレベッカに謝罪する。

当の彼女は澄ました顔で缶ビールを口に含んでいた。

不満の表れなのか、夫のほうには見向きもせずに。

「け、けどまあ、僕と違ってふたりはまだ若いんだし、仕事ばかりではなく遊ぶのも大切だと思うよ。時間を見つけてデートしてみてもいいんじゃないかな」

「……ま、そうかもね」

「ぜ、善処しまーす……」

曖昧な笑みを浮かべて相づちを打つ瑠衣と恵太。

答えながらも冷や汗が止まらない。

実際は付き合っていないのだからボロが出るのは当たり前だが、ここまであっけなく化けの皮が剝がれるとは……嘘がバレるのも時間の問題の気がする。

「そうだ。今週末、どこかふたりで遊びにいってきたらどうかな？　それでデートの写真をパパに送ってよ」

「どんだけ娘のツーショット写真に飢えてんの……」

「あ、私も見たいです。ふたりのツーショット写真」

「ママまで……」

浜崎夫婦の提案を受け、困った顔で瑠衣が恵太を見る。

「（どうしよう、浦島？）」

「（どうもこうも……）」

両親にここまで言われたら断るのもハードルが高い。

付き合っていないことがバレたら、ブランドが再び倒産の危機に陥るのだ。

瑠衣が連れ戻されるのを防ぐためにも、彼女をリュグに繫ぎ止めるためにも、デートでツーショット写真を撮るというミッションをこなす必要がある。

となると、この場における最善の回答はこれしかない。

「そうだね。週末はふたりでデートしようか、浜崎さん♡」

「わぁ、初デートだね♪　楽しみ～♡」

あくまでラブラブであるという設定を崩さず、体裁を取り繕う偽装カップル。

こんな感じで、次の休日はふたりでデートする運びになったのである。

◆

その日、浜崎瑠衣は悩んでいた。

休日の朝、ラフな部屋着姿の彼女は自室のベッドの上に座り、広げた白と黄色の二組のランジェリーを見比べていたのだが――

「うーん……どうしたものか……」

悩んでいるのは他でもない。

本日予定されている、浦島恵太とのデートに着けていく下着を選んでいるのだ。

ランジェリーの制作に携わる人間として、自分が使用する下着にも人並み以上のこだわりがあり、所有するアイテムにはいくつかのランク分けがあった。

ますはAランク。

これは外出の時など、特別な日に使うお気に入りのランジェリーである。デザインも品質もこだわった上級グレードの下着が該当する。

次にいちばん使用頻度の高いBランク。

学校にいく時や普通の外出時に着用する普段使い用の下着で、適度にデザインが可愛く(かわい)て、着け心地がいいランジェリーが多い。

次にCランク。

雑に扱っても問題のない、デザインよりも着け心地にこだわったもので、仕事の時や休日など家にいる日に使うことが多い下着だ。

学校で使うには気の引ける、使い古した下着などもこれに含まれる。

ちなみに、勝負下着という名の『Sランク』のランジェリーも一応あるにはあるのだが、それは別の機会に披露するとして――

「果たして、デート用の下着はどれが適任なのか……」

とりあえず、さすがにCランクの下着は論外だ。

本当の彼氏ではないとはいえ、異性と外出するのにそれを選んでしまうと女として負けな気がするし。

そうなると選択肢は実質ふたつに絞られる。

「普段使いの白でいくか……少しだけ気合いを入れて黄色の下着でいくべきか……」

Bランクの普段使い用のランジェリーか、はたまたAランクのお気に入りのランジェリーで出陣するか、それが問題だ。

「……というか、別に浦島とは本当に付き合ってるわけじゃないし、そこまで気合いを入れる必要はないのでは？」

たしかに彼のことは尊敬している。

ランジェリーデザイナーとしての腕は自分よりも数段上だし、瑠衣自身、彼の作るランジェリーのファンでもある。

しかしそれと恋愛とは話が別。

恵太はあくまでビジネスパートナー。仕事の上だけの関係だ。

今日だって両親を騙すためのツーショット写真を撮りにいくだけで、本当のデートではないし、こんなことで悩んでいるのも馬鹿らしい。

なにより――

「これじゃまるで、あたしがデートを楽しみにしているみたいじゃん……」

余計な考えを振り払うように頭をブンブン振る。

なんだか意識してるみたいで癪だし、もう普通に普段使いの下着にしてしまおう――など日和った方向に心が傾きかけたその時、不意に奴のアホ面が脳裏に浮かんだ。

「……待てよ？　あの下着馬鹿のことだから、開口一番にデート仕様のパンツを見せてほしいとか言い出しそうじゃない？」

浦島恵太(うらしまけいた)は良くも悪くも仕事熱心な男だ。

情熱を燃やすあまり、女子に対してその手の要求をすることが多々あり、今日のデートでも市場調査だとか言ってパンツを見たがらないとは言い切れない。

「や、もちろん見せるつもりはないけどね？」

誰に対する言い訳なのか、テンプレのツンデレのような独り言を製造してみるも、一度生まれた疑念はなかなか晴れない。

本当にパンツを見せることを要求されたら？

その時、普通の下着を着けていたら？

普通の下着を見られ、奴(やつ)に鼻で笑われる場面を想像してむっとしてしまう。

「それはちょっと……いや、かなり許せないかも……」

なんというか、女としてのプライドが許さない。

たとえ仮初めのデートだとしても、年頃の乙女の責務として、いかなる状況にも対処できるよう万全を期すべきではないだろうか。

「……って、やばっ!?　もうこんな時間!?」

気づくと、置時計に表示された時刻は八時五十分を回っていた。

約束の時間は午前九時。

待ち合わせ場所がマンションのエントランスとはいえ、服を着替える時間を考慮するともう猶予はない。

「うう〰〰〰っ!! もうコレに決めた！」

ベッドの上に並べられた白と黄色のランジェリー。

悩める乙女はそのうちの一方を手に取り、大慌てで支度に取りかかったのだった。

◇

週末の日曜日。デート当日の午前九時前。

マンションのエントランスで恵太が待っていると、スマホに瑠衣（るい）から「ごめん、いま出る」とメッセージが届き、ほどなくしておめかしした同級生がやってきた。

「おはよう、浜崎（はまさき）さん」

「……お、おっす」

九月に入ったとはいえ、まだまだ夏の暑さが残る時期。

彼女の装いもどちらかといえば夏寄りで、薄手のブラウスに健康的な脚が映えるスカートを着用しており、小振りなショルダーバッグを肩から提げていた。

「浜崎さんの私服、可愛（かわい）いね」

「そ、そう……？」

「うん。制服以外でスカートって珍しい気がする」

「そりゃ、デート仕様だからね。偽装のための写真を撮るんだから、それなりに気合いは入れなきゃでしょ」

偽装彼女様より前向きなコメントを頂戴した。

相棒がやる気を出している以上、こちらも気合いを入れてデートに臨もう。

ひとまず駅に向かうことにしてマンションを出る。

天気は絵に描いたような快晴で、デート日和な朝の街の中、横に並んだ瑠衣が話を振ってくる。

「で、今日はどこにいくの？」

「ここはどうかな？　偽装に使う写真を撮るわけだから、わかりやすく定番のデートスポットがいいかと思ったんだけど」

言いながら、あらかじめ調べていたスポットをスマホで見せる。

「あー、いいんじゃない？　写真映えしそうだし」

「じゃあ、とりあえず目的地はここで。――こういう話をしてると、なんだか本物のカップルっぽいね」

「……まあ、そうかもね」

応答まで少し間があったが、どうやら照れているらしい。

その証拠にそっぽを向いた彼女の横顔が少しだけ赤い。

「恋人らしく、手でも繋いでみる？」

「は？　な、なんで？」

「写真に説得力を出すために、本物のカップルになりきってみるのもいいかなって」

「必要ないでしょそんなのっ」

更に頰を赤らめて瑠衣が足を速める。

その背中に「ごめんごめん」と謝りながら、頰を緩ませた恵太は意外とウブな同級生のあとを追いかけた。

電車とバスを乗り継いでふたりが訪れたのは、海の近くにある水族館だった。

外観は巨大なキューブを幾つか組み合わせたような直線的なフォルムの建物で。

受付の人がカップル割を適用してくれて、お得な料金で館内に入ると、すぐに大きな水槽とそこで泳ぐウミガメが出迎えてくれた。

「あたし、水族館なんて久々にきたよ」

「そうなの？」

「うちはパパもママも忙しかったから、あんまり外出とかしなかったんだよね。子どもの頃は家でひとりで遊ぶことが多かったし。おかげですっかりインドア派になっちゃった」

その気持ちはわかる。

恵太も外で体を動かすより、テレビを観たり本を読んでるほうが楽しいタイプだ。

「あ、でもこの水族館は初めてだよ。規模のわりに人の入りはそこそこだから、けっこう穴場みたいだね」

「俺も初めてだよ。規模のわりに人の入りはそこそこだから、けっこう穴場みたいだね」

「ふーん」

応答は手短だが、彼女の声はどこか弾んでいて。

ウミガメを写真に収めたあと、ふたり並んで奥に進んだ。

大小様々な形の水槽に、それぞれ水の生き物たちがいて、揃って足を止めては興味を惹かれたものを観察した。

「あっ、見て浦島！　クラゲがいる！」

「ほんとだ。綺麗だね」

はしゃいだ声を上げた瑠衣の視線の先、筒状の水槽の中を、何匹ものクラゲがユラユラと漂っていた。

半透明の体が揺らめく様は美しく、まるで舞踏会で踊る貴婦人のドレスのようだ。

「ねえ、浜崎さん？　クラゲの特徴をうまくランジェリーに落とし込めないかな」

「いや、クラゲを参考にしたらスケスケの下着になるでしょ」

「そこはほら、輪郭の部分だけ透けるレースにしてみるとか」

「ああ、なるほど。それなら可愛(かわい)いかも」

小さな思いつきから議論が白熱していく。

話しているうちに続々とインスピレーションが湧いてきて、いつの間にか瑠衣(るい)のほうもノリノリで持論を展開したりして、そのままクラゲの前で話し込むこと約十分。

「ていうか、あたしたち、デート中なのに仕事の話ばっかしてるじゃん」

「そういえばそうだね」

いつの間にか、新しいデザインの話に夢中になっていた。

でも、ぜんぜん悪い気はしない。

その証拠に、彼女と顔を見合わせて笑ってしまっている。

好きなものについて意見を交わすのは、それがどんなジャンルであったとしても楽しいものだ。

「もしも俺と浜崎(はまさき)さんが結婚したら、家でも外でもずっとランジェリーの話ばかりしそうだね」

「そ、そんなもしもはないからっ」

赤くなった瑠衣がプイッとそっぽを向いてしまう。

そのまま「次、いこっ」と言い放ち、返事も聞かずに先にいってしまう。

こちらの冗談にいちいち照れてくれるのが楽しくて、ニマニマしながら彼女のあとを追い、クラゲコーナーをあとにする。

水族館の中が薄暗いのは、そこで暮らす生き物を気遣ってのことだという。

とはいえ、最低限の照明は確保されているので人が歩きづらいということはない。

人にも魚にも配慮する優しさは、胸の豊かな子にも控えめな子にも対応する、幅広いサイズを取り揃えたブラジャーのようだと思った。

「……なんか、浦島がアホなこと考えてる顔してる……」

「失敬な。わりと真面目な考え事をしてたよ」

「真面目な考え事って？」

「ブラジャーは全てを包み込む海みたいだなって思ってた」

「やっぱりアホなこと考えてるじゃん」

毒にも薬にもならない会話を楽しみつつ、館内を散策する。

左右に水槽の並ぶ通路をしばらく進んでいると、急に開けた空間に出た。

「わあ……」

「これは壮観だね」

足を止めた恵太たちの前にあったのは、見上げるほど立派な巨大水槽。

切り取られた人工の海の中では魚の群れが悠々と泳いでおり、ひときわ大きな一匹のジンベエザメが王様のような貫禄で回遊している。

パンフレットによれば、この水族館で最も力を入れている展示物だそうだ。

「浜崎さん、ここでツーショット写真を撮っておこう」

「異議なーし。ここで撮らずにどこで撮るって感じだしね」

そうと決まれば善は急げ。

ちょうど他にお客さんもいなかったので、水槽を背にして並んで立ち、恵太は手にしたスマホを持ち上げた。

「浜崎さん、もう少し寄らないと」

「え？　じゅうぶん近くない？」

「それだと仲のいい男友達みたいな距離感だし、初デートで舞い上がってるカップルにしてはやや不自然かなって」

「浦島って、けっこうディテールにこだわるよね……」

「どうせやるならとことんクオリティを追求したいからね」

実際のところ、瑠衣の言う通りふたりの位置はじゅうぶん至近距離だ。

ただ今回は確実に浜崎夫婦を騙せる写真が欲しいので、肩をくっつけるくらいの距離感は必要だと思った次第である。

「……わかった。あたしも連れ戻されるのはごめんだし、覚悟決める」

そう言って、寄り添うように横に立つ瑠衣。

そのまま意を決したような「えいっ」という掛け声を上げ、手を繋いできた。

それも、指を絡ませる恋人繋ぎで。

気合いの入った声とは裏腹に行動自体は地味だったが、それが逆にいじらしくて可愛いと思ったし、上目遣いで見つめられてドギマギしてしまう。

同時に、彼女の手の小ささに驚く。

強気な性格なので忘れがちだが、瑠衣の身長は澪と同じくらいで、どちらかといえば小柄なほうなのだ。

こうして並ぶと華奢なのがわかるし、彼女も女の子なのだと意識させられる。

「どう？　これなら絶対カップルに見えるでしょ？」

「そ、そうだね」

内心の動揺を悟られないよう、平静を装いながら答える。

ぴったりと寄り添って、手は恋人繋ぎで、ただの友人どうしではありえない密着度はまぎれもなくカップルのそれだ。

「じゃあ、撮るよ～？」

改めてスマホを持つ手を前に伸ばす。

アングルは気持ち上からの感じで、繋いだ手がしっかりと収まるように。

巨大なアクアリウムというこれ以上ないくらいのスポットを背景に、最高のツーショット写真の撮影を決行したのである。

◆

その後も彼氏役の恵太と何枚かラブラブな写真を撮りつつ水族館を満喫し、館内の食堂で食事を済ませた瑠衣たちは建物の外に出た。

「帰ったら悠磨さんに写真を送らないとね」

「それならあたしがやっとくよ」

「そう？　じゃあ、まとめて浜崎さんのスマホに送っておくね」

バスを待つ間、木陰のベンチに座ってそんなやり取りをする。

隣で恵太がスマホをポチポチ弄ると、瑠衣のスマホが短い着信音を鳴らし、数枚の画像を受信した。

「なにこれ、めちゃくちゃラブラブじゃん……」

改めて見ると死ぬほど恥ずかしい。

特に巨大水槽で撮った恋人繋ぎのやつとか、どう見てもバカップルだし。

液晶画面に映る、照れて赤くなった自分が本当に恋する乙女みたいで直視できない。

「この写真、パパに見せたくないんだけど……」

「そうなると今日の努力が水の泡だから」

見せないとブランド倒産の危機だから、と恵太に笑顔で釘を刺されてしまった。

自分としてもリュグが倒産するのは困るし、きちんと父に送信する方向で検討しよう。

などと考えながら、同じベンチに座る男子の横顔を盗み見る。

(今さらだけど、なんであたし、こんなのとデートしてるんだろ……)

原因というなら、だいたい全部自分の父親のせいなのだが。

それこそ今さら言っても仕方ない。

(まあ、目的の写真も撮ったし、もう帰るだけなんだけど……ちょっとだけ名残惜しいような……)

そこまで考えてはっとする。

(いや、名残惜しいってなんだ……それだと浦島とのデートをめちゃくちゃ楽しんでるみたいじゃん……っ)

もう自分で自分がわからない。

朝に着ていく下着で悩んでたのも今思うとおかしかったし、彼を前にすると時おり冷静でいられなくなるのはどういう了見なのか。

これではまるで、浜崎瑠衣が浦島恵太のことを意識しているみたいではないか。

「浜崎さん？」

「えっ？　……な、なに？」

「いや、次はどこにいこうかなって」

「次って……写真は撮ったんだし、もう帰るんじゃないの？」

ミッションをクリアした以上、デートは終了だと思っていたのだが、恵太が人懐っこい笑みを浮かべて言う。

「そうだけど、このまま帰るのはもったいないと思って。せっかくおめかしした可愛い女の子とデートしてるんだし」

「ふぇっ!?」

「いつも仕事でお世話になってるし、たまには息抜きしてほしいっていうのもあるけどね。もう少し付き合ってくれると嬉しいな」

「浦島……」

理由はどうあれ、相手も自分と同じ気持ちだった――

その事実が、自分でも意外なほど嬉しくて困る。

「……アンタのそういうところ、ほんとズルいと思う」

「え？」

「なんでもない。……まあ、もともと今日は休暇（オフ）だったし、少しだけなら付き合ってあげてもいいケド」

普通に答えたかったのに、照れが勝って偉そうな言い方になってしまう。

そんな瑠衣の態度に対しても彼は特に気にした様子もなく、いつものニヤケ面なのがやっぱり気に食わなくて、

「あ、ほら浦島、バス！　バスきたよ！」

遠目に見えたバスを口実に、逃げるように席を立つ。

バス停はここから目と鼻の先だ。

急ぐ必要はないのだけども、恵太と顔を合わせるのが気恥ずかしくて、態勢を整えようと一時退却を目論（もくろ）んだのだが――

「あっ!?　ちょっと浜崎さんっ!!」

「え？」

慌てた声で呼び止められ、後ろを振り返ると、ベンチから立ち上がった恵太が真剣な表情でこちらを見ていた。

「浜崎さん、落ち着いて聞いてほしいんだけど……」

「う、うん……」

「後ろ、スカートを巻き込んでパンツが見えてる」

「えっ、うそっ!?」

本当だった。

体をひねって確認すると、スカートの裾が思いきりめくれ上がっていた。

どうやら座ってるうちに下着に巻き込んでしまったらしく、年頃の乙女にあるまじき失態を受け、頬が燃えるように熱くなる。

「というか、俺の新作パンツ、使ってくれてるんだね」

「いや、これは……」

恵太の見立て通り、それは以前の合同試着会で瑠衣が試着したランジェリーだった。

発売されたばかりのおニューの下着——鮮やかなイエローのショーツは、浦島恵太が手掛けたランジェリーの中でも特にお気に入りの逸品である。

試着会のあと、サンプル品としてもらったものだが、まさかこんな形でお披露目することになるとは思わなかった。

「うん。やっぱり浜崎さんには黄色のランジェリーがよく似合うね」

「デリカシーの欠如っ!!」

怒りの拳がデリカシーなし男の腹部にめり込んだのは、瑠衣の左手がスカートを直した直後。

幸い近くに人がいなかったので、恵太以外に見られずに済みました。

◇

瑠衣とのデートから数日が経過したとある九月上旬の放課後。

下駄箱で靴を履き替えた恵太が校舎を出ようとすると、一年生のエリアから出てきた胸の大きな後輩女子と鉢合わせになった。

「あれ、恵太先輩？」

「やあ、雪菜ちゃん」

学生鞄を提げた制服姿の雪菜は、こちらの姿を認めた途端、久方振りに飼い主と再会した犬のように駆け寄ってくる。

「今日は先輩ひとりですか？」

「そうだけど」

「めずらしいですね。いつも誰かしら女子を連れてるのに」

「人を女たらしみたいに言わないでくれるかな」

「似たようなものだと思うけど。先日も浜崎先輩とデートしたみたいですし？」

「それはカモフラージュのためだから」

「ふーん？」

後輩の視線が痛い。

後ろめたいことは何もないはずなのに、妙な罪悪感に襲われる。

「まあ、いいです。恵太(けいた)先輩も今から帰りですよね？　私も今日はお仕事がない感じなので、途中まで一緒に帰りませんか？」

「そうだね」

断る理由もないので彼女と一緒に学校を出た。

彼女のマンションも駅の方向だ。

「お仕事のほうは順調ですか？」

「ぼちぼちだね。雪菜(ゆきな)ちゃんは？」

「私もぼちぼちです」

スマホでやり取りはするものの、最近は直接会っていなかったため、お互いに近況報告をしながら家路を進む。

ドラマの撮影中の出来事など、自身の芸能活動のことなどを話し終えたタイミングで、急に彼女が声のトーンを落とした。

「……ところで恵太先輩？」

「ん？」

「そろそろ私と付き合う気になりましたか？」

「んんっ!?　ごほごほっ!?」

「ちょっ、大丈夫……ちょっとびっくりしただけだから……」

「だ、大丈夫……恵太先輩!?　大丈夫ですか!?」

むせた拍子に出た涙を手の甲でぬぐう。

歩道の途中で足を止めたまま、改めて彼女のほうに向き直った。

「え？　なに？　どうしたの急に？」

「や、だって、恵太先輩の周りの女子って可愛い子ばかりじゃないですか……。澪先輩や絢花先輩もそうですけど、最近は浜崎先輩との結婚の話とか出てきたし……まあ、だからつまり、それで少し焦ってるわけです」

「あー……」

夏休みの後半、彼女は恵太に自身の想いを告白した。

何ひとつも隠すことなく、彼女の中に生まれた本気の好意を伝えてくれた。

そして、告白を受けたからには返事が要る。

澪にも言われたが、ずっと保留し続けるわけにもいかないし、近いうちに結論を出す必要があると思ってはいたのだが……

「事情があるのはわかってますけど……告白の返事を保留にしておいて、他の子とデートするなんて普通に最低だと思います」

「う……そこを突かれると弱いね……」

彼女の意見はもっともだ。

ブランドの危機を回避するためとはいえ、告白の返事を保留にしたまま別の異性とデートするのは不誠実極まりない。

「そもそも、女子に告られてガツンといけないなんて、男の子として情けないと思います」

「雪菜ちゃん、俺の心のライフも限りがあるから」

とはいえ、年下の女の子にここまで言わせてしまったのは情けない。

こうして今の気持ちを恵太に伝えるのだって、きっとたくさん勇気が要っただろう。

ここは誤魔化していい場面じゃないし、名誉を挽回できるとしたら、今の自分の気持ちを正直に伝える以外他にない。

「……ごめん、雪菜ちゃん。やっぱり今は雪菜ちゃんの気持ちに応えられない。好きとか嫌いとかじゃなくて。俺にはまだ、やらなきゃいけないことがあるから」

「やらなきゃいけないこと？」

「俺はまだ修行中の身だからね。これからもっと研鑽を積んで、ブランドを立ち上げた父さんに認められるような、一人前のランジェリーデザイナーになりたいんだ」

「………………」

しばしの沈黙。

口を閉ざしたまま、雪菜が止まっていた足を進める。

短いスカートを揺らしながら大きく一歩、また一歩。

そうして三歩目で再び足を止めると、その場所でくるりと振り返った。

「じゃあ、それが終わるまで待ってます」

「え？」

「恵太先輩には、他に優先したい大事なことがあるんですよね？　それが終わるまで、返事は待ってあげることにします」

「でも、雪菜ちゃんはそれでいいの？」

「はい。――だって私は、そういう一生懸命な恵太先輩を好きになったんですから」

「……」

綺麗な笑みを向けられて、ドクンと心臓が跳ねる音がした。

何も取り繕っていない、むき出しの好意の言葉。

その気持ちの鋭さに、愛らしさに、自分でも信じられないくらいドキドキする。

「あ、でも恵太先輩は浜崎先輩とデートしたわけだし、私も少しくらい、いい目を見たっていいですよね？」

「え……？」

謎の台詞を口にして、トコトコと近寄ってくる後輩。

横に立つやいなや、「えいやっ！」という可愛い声と共にいきなり腕に抱きついた。

制服越しに高校生離れした豊かな胸がこれでもかと押し当てられ、先ほどとは別の意味で鼓動が速くなっていく。

「あの……雪菜ちゃん？　なにしてるの？」

「恵太先輩に抱きついてます」

「どうして⁉」

「なに焦ってるんですか？　これくらい普通のスキンシップじゃないですか。仲のいい先輩と後輩がじゃれ合ってるだけですって」

「いや、でも……」

「それともなんですか？　女優は恋をしちゃダメって言うんですか？」

「そういうことではなくて……」

普段は普通に学校に通い、高校生をしている雪菜だが、最近はＣＭなどでテレビにも多数出演している絶賛売り出し中の女優なのだ。

そんな女の子がどこの馬の骨とも知らぬ男に抱きついているこの状況。

第三者に目撃されたら、確実にスキャンダル的な何かが起こってしまうシチュエーションである。

「とにかく、今すぐ離れて——」

「――恵太君？」

「ひゃいっ！」

危惧していた第三者の介入に思わず直立する。

声のしたほうにおそるおそる振り返ると、車道に高そうな外車が停まっており、運転席の開けた窓から褐色の肌の知人が顔を覗かせていた。

「悠磨さん!?」

非常にまずいことになった。

スーツに身を包んだ中年男性は浜崎悠磨その人で、可愛い後輩女子とイチャイチャしている現場を、考えうる限り最悪の人物に見られてしまった。

ある意味スキャンダルよりも大変な状況に、恵太の精神が物凄い勢いで摩耗していく。

「ど、どうして悠磨さんがここに？」

「たまたま仕事でこっちのほうに用があったから、ついでに瑠衣の様子を見にきたんだよ」

「へ、へー？　そうなんですね」

「それより、これはいったいどういうことなのかな？」

「あ、やっぱりスルーしてもらえませんよね……」

悠磨氏の視線は、未だ恵太に抱きついたままの雪菜に注がれていた。

今すぐに逃走したいところではあるが、なけなしの勇気と社会人としての常識がなんとか自分をこの場に繋ぎ止めてくれる。

「その子、女優の長谷川雪菜ちゃんだよね？　どうしてうちの愛娘と付き合っているはずの君が、他の女の子とイチャイチャしているんだい？」

「ええっと……」

「まさかとは思うが――浮気じゃあないよね？」

「ひいっ!?」

鋭い眼光に射抜かれ、短い悲鳴が漏れる。

この瞬間、恵太は蛇に睨まれた蛙の気持ちを唐突に理解した。

今の自分は、歩道の上で胸の大きなＪＫに抱きつかれている男子なわけで。

恵太と愛娘の交際を信じて疑わない彼からしたら、絶対に無視できない状況だ。

説明してもらおうにも雪菜は腕に抱きついたままキョトンとしているし。

瑠衣パパは「返答次第では許さないよ？」と視線でプレッシャーをかけてくる。

もしも地獄が実在するなら、きっとこのような場所なのだろう。

(俺、これからどうなるのかな……)

今日は生きて帰れないかもしれない――

マンションで待っている家族の顔を思い浮かべつつ、今世紀最大の修羅場の予感に恵太は天を仰いだのである。

悠磨と遭遇したあと、彼の車で移動した恵太は以前と同じ喫茶店に連れ込まれ、注文したコーヒーに口をつける間もなく先ほどの状況を説明させられた。

「――それじゃあ、さっきの子はリュグのモデルのひとりで、特別な関係というわけじゃないんだね？」

「その通りです」

窓際のテーブル席で、ゲッソリした顔で恵太が頷く。

雪菜には先に帰ってもらい、半ば連行される形で訪れたこの店で、疑惑の目を向けてくるお父様に何度も心を折られそうになりながら事情を話し続けること三十分。

なんとか納得してもらうことに成功した。

余計な疑いを持たれそうなので、雪菜に好意を持たれていることは黙っておいたが。

（そりゃ、あんな場面を目撃されたら誤解もされるよね……）

道端で可愛い女の子に抱きつかれている光景は、さぞ仲睦まじいカップルに見えたことだろう。

空いてる店内を横目に見つつ、目の前に置かれたカップを手に取る。

口をつけると、なみなみと注がれたホットコーヒーはすっかり冷めていた。

「それにしても、恵太君に芸能人の知り合いがいたとはね」

「雪菜ちゃんはスキンシップが激しい子なので。誤解させてしまいましたね」

「チームメンバーと仲がいいのはいいことだよ」

「はい。懐いてくれてるみたいで嬉しいです」

「恵太君は好青年だからね。女の子に好かれるのも無理ないと思うけど――瑠衣を悲しませることだけはしないようにね」

「もちろんですとも」

肯定以外は許されない空気だった。

彼は終始柔和に微笑んでいたが、釘を刺した瞬間だけは目が笑っていなかった。

「そういえば、悠磨さんはどうしてこっちに？　さっきは浜崎さんの様子を見にきたって言ってましたけど」

「ああ、そうだった。実は、折り入って恵太君にお願いがあるんだよ」

「お願い？」

「うん。正確には君と瑠衣のふたりにかな。今度、僕が主催するパーティーがあるんだけど、瑠衣と一緒に出席してほしいんだ」

「パーティー、ですか？」

「懇意にさせてもらっている会社の関係者を招く予定なんだけどね。そこで瑠衣と恵太君の婚約を発表したいと思ってるんだ」

「……ほぁっ？」

あまりの衝撃に、今まで一度も発したことのない声が出た。

意味がわからなすぎて一瞬、目の前が真っ暗になる。

「こ、婚約の発表ですか……？」

「そうそう。こないだのデートの写真を見せてもらったけど、順調に愛を育んでいるようで嬉しくなってね。どうせ将来は結婚するんだし、こういうのは早いほうがいいかと思って☆」

「そ、そうなんですね……」

よほど嬉しいのか、意気揚々と話す悠磨氏。

対して、説明を受けた恵太の表情はどんどん曇っていく。

（これは、本格的にまずいことになったぞ……）

話が大きくなりすぎて額に嫌な汗が浮かぶ。

そもそも、最初の選択からして間違いだった。

恵太と瑠衣が交際しているという彼の勘違いを放置するべきではなかったのだ。

たとえるなら、夏休みの宿題を放置していたら最終日になっても終わってなくて絶望するあの感じ。

その手の負債はあとから数倍に膨れ上がって返ってくるのが世の常であり。

リュグの倒産を避けるために誤解を放置した結果、事態は取り返しのつかない方向に転がり始めてしまったのである。

その夜、浦島家のリビングにどんよりとした空気が立ち込めていた。

淀んだ空気の発生源はダイニングテーブルで向かい合って座る一組の男女——天板に肘をつき、組んだ手を額に当てた姿勢の恵太と瑠衣である。

「俺、正直こんなことになるとは思ってなかったよ……」

「ほんとにね……」

それぞれの声にも覇気がない。

ふたりを悩ませているのは先刻の悠磨氏の発言だ。

パーティーで婚約発表するという問題発言を受け、すぐさま関係者である彼女と情報共有したのだ。

「パパのお花畑っぷりを舐めてた……さすがにパーティーで婚約発表はやりすぎだし……。このままだとあたしたち、本当に結婚することになるかも……」

「俺たちも悠磨さんの誤解をとかないばかりか、イチャイチャしてる写真を大量に送っちゃったしね……」

　思い返すと、先日のデートの件は悪手だった。

　ディテールにこだわったツーショット写真の効果は抜群で、今の悠磨は完全に恵太たちがカップルだと信じ込んでいる。

　その結果が今回の婚約発表だ。

「でも、あの時はああするしかなかったんだよ！　もしも付き合ってないってバレたら、浜崎さんが連れ戻されて今度こそリュグが潰れると思ったし！」

　浦島家のリビングに恵太の悲痛な叫びが響き渡る。

　絶体絶命すぎる状況に、テーブルに突っ伏してしまう始末である。

「──こんな情けない姿、姫咲には見せられないな」

　呆れた口調でそう言ったのは、少し離れたソファーにちょこんと座り、スマホを弄っていた乙葉だった。

　小柄な体躯に赤毛のポニーテールがチャームポイントの大学生で、リュグの運営を取り仕切る当ブランドの代表でもある。

　ちなみにこの家には他にもうひとり同居人がいるのだが、乙葉の妹である姫咲は現在入浴中でこの場にはいなかった。

「この状況、乙葉ちゃんはどう思う？」

「正直、面倒なことになったなーって思ってる」

「正直すぎる……」

「まあ、こうなった以上は素直に白状して謝るしかないんじゃないか？」

「そうしたいのは山々だけど、それがそうもいかないんだよね」

「？　なんでだよ？」

「あたしのパパ、会社の人や仲のいい知人に触れ回ってるみたいなんです。今度のパーティーで、娘とその彼氏のことでめでたい発表があるって」

「あー……それは完全に婚約発表だと思われてるな……」

「だから、今さらなかったことにはできない空気なんだよね」

問題はそこだった。

誤った情報が各所に拡散された結果、悠磨の誤解をとくだけでは済まない状況になりつつあるのだ。

「事前に発表があるって周知してる以上、パーティーの開催中に問題が起こったら悠磨さんの顔に泥を塗ることになるし……」

「それが原因でパパの会社の業績が悪化でもしたら……」

「目も当てられない事態だな……」

恵太、瑠衣、乙葉の三人が揃って顔をしかめる。

悠磨主催のパーティーには内外の関係者が多数出席するという。なんらかの発表があると公言している以上、やっぱり発表はなしなんてことになれば彼の信用にも関わるし、最悪、会社が傾くことだって考えられる。

誤解をとくにしても、そのタイミングについては慎重に検討するべきだ。

「ふむ……」

以上の話を踏まえ、しばし考え込んでいた乙葉が顔を上げる。

「だったらもう、開き直って結婚したらどうだ？」

「「えっ!?」」

「デザイナーとパタンナーのカップルとか理想の夫婦じゃん。浜崎も、もうこの際だからマチックに戻らないで恵太とリュグに永久就職しちゃえよ」

「いきなりなにを言ってるんですか!?」

褐色の頬を真っ赤にして叫ぶ瑠衣氏。

恵太としても今のイトコの発言は容認できない。

「そうだよ乙葉ちゃん。浜崎さん、嫌がってるじゃないか」

「いやまあ、あたしは別にそこまで嫌ってるわけじゃないっていうか……浦島と一緒に仕事するのは楽しいし、そういう未来も悪くないかもって思うケド……」

「え……？」

「あ……」

はっとした様子で頬を赤らめる瑠衣。

慌てた様子で突き出した両手を左右にぶんぶん振る。

「やっ、やっぱ今のナシ！　そもそも結婚とか、そんな軽いノリで決めることじゃないと思うし……っ！」

「ま、それもそうだな」

「当然の反応だよね」

彼女はいつか元いたブランドに戻るつもりでいる。

結婚の話はともかく、リュグに永久就職してくれたら嬉しいと思うが、それはこちらのわがままでしかない。

「なにはともあれ、目下の問題はパーティーの対策だね」

「あたしたちが出席することも喋ってるみたいだし。なんとか穏便に済ませる方法を考えないとね」

しかし実際のところ、考えれば考えるほど難問だ。

簡単に思いつかないから悩んでいたわけで。

円満に解決できる方法が思いつかない。

自分たちで蒔いた種とはいえここまで事態が悪化するとは思わなかったし、これが原因で悠磨に迷惑がかかるのは罪悪感がある。

「あたしたちにも非があるとはいえ、元はといえばパパが勘違いしたせいだし、いっそのことパーティーをぶち壊すっていうのはどう？」

「おい、正気か？」

「浜崎さん、さすがにそれはちょっと……」

「あはは、さすがに冗談だから真に受けないでよ」

そのわりには本気のトーンだった気がするが……

思い込みが激しい親のせいで振り回されたのは事実なので、彼女もストレスが溜まっているのかもしれない。

「乙葉ちゃん、なにか良いアイデアはないかな？」

「うーむ……要はアレだろ？　悠磨氏の顔に泥を塗らずに、パーティーの参加者を納得させる案があればいいんだよな？」

「それはそうなんだけど……」

自分で訊いておいてなんだか、全てを丸く収めるのは難しいと思う。

瑠衣も同じ心境なのか浮かない顔をしていた。

そんな恵太たちをよそに、ソファーに座る乙葉には何やら秘策があるようで、成人女性とは思えない童顔に不敵な笑みを浮かべてみせる。

「なあ、お前ら。私にひとつ妙案があるんだが——乗る気はあるか？」

「妙案……？」

「それって……」

恵太と瑠衣が顔を見合わせる。

イタズラを思いついた子どものような乙葉の笑顔が気になるところではあるが、自分たちに代案がない現状では話を聞く以外選択肢はない。

「「是非、教えてください！」」

「いいだろう」

教えを乞うたふたりに乙葉が語ったのは、思ったよりも規模の大きな計画で——

実現するためには多くの人手と労力が必要だったが、追い詰められた恵太たちにとってはまさに渡りに船。

この窮地から脱するための唯一といっていい、クモの糸ともいえる方法だった。

◇

それからの数日間はまさに怒涛の毎日だった。

悠磨氏に勘付かれないよう関係者と連携を図りつつ、企画の中核を担う恵太と瑠衣はそれこそ馬車馬のようにあくせく働き続けた。

どれくらい忙しいかといえば、平日の昼休みすら献上しないといけないほどで――

「浦島君たち、顔がやつれてますけど大丈夫ですか？」

「あはは……。最近、ちょっと作業が忙しくてね」

学校の被服準備室で、タブレットと紙に向かっていた恵太と瑠衣を澪が心配して、

「昨夜は浦島が寝かせてくれなくて……」

「えっ!?　恵太先輩が寝かせてくれなかったって……それってもしかして、ふたりは既に大人の階段をっ!?」

瑠衣の発言を曲解した雪菜がショックを受けていた。

「雪菜ちゃんは、意外と想像力豊かだよね」

胸のサイズを気にしたり、純情な一面がある一方、けっこうそっち方面のネタが出るあたりお年頃な感じがする。

「だって、男女が遅くまで同じ部屋にいたら心配になるじゃないですか……」

「大丈夫だよ。俺も浜崎さんも仕事で寝れなかっただけだから」

「それはそれで健全ではないと思います……」

ふたりの身を案じて後輩が苦言を呈する。

雪菜の隣に座る澪も彼女と同意見のようで、

「いつも言ってますけど、ちゃんと休みは取ってくださいね」

「うん。……でもまあ、今回は俺たちの自業自得だから」

事の発端は、恵太たちが悠磨の誤解を放置したことにある。

意に沿わない婚約発表を阻止するためにも、この計画は絶対に成功させなければならなかった。

「それに、ちょっと楽しくなってきたところだしね」

「それはある。隠れて好き放題するのって、なんだかワクワクするし」

揃って「ヒッヒッヒ」と、悪い魔女みたいな笑い声を上げる恵太と瑠衣。

そんなふたりを雪菜と澪がドン引きした様子で見守っていて――

「この人たち、目にクマを浮かべながら笑ってるんですけど……」

「もう手遅れかもしれませんね」

厳しいコメントを頂戴したので邪悪な笑みを引っ込める。

「まあ、今回は新しい試みが満載だから余計に大変なんだよね。柊奈子さんにも協力してもらうことになったから、その調整もあるし」

「柊奈子さんって、たしか瀬戸君のお姉さんですよね」

「うん。柊奈子さんはファッション誌の編集記者なんだよ。うちもけっこうお世話になってるから、機会があれば紹介するね」

彼女の他にも協力を仰いだ人がいるし、乙葉の考えた計画は想定以上に多くの関係者を巻き込む大掛かりなものになりつつある。

不謹慎かもしれないが、悠磨の驚く姿を想像すると準備が楽しく思えてしまう。

体は悲鳴を上げているのに、やる気のボルテージは上昇するばかりだ。

「週末のパーティーまで時間がないし、俺と浜崎さんの〝初めての共同作業〟だから頑張らないとね」

「その言い方はやめてほしいんだけど……」

意味深な言い回しに瑠衣が微妙な顔をする。

とにもかくにもやることは山積みだ。

共同作業の他にもこなしておかないといけないタスクがあるし、本番でミスをしないようにある程度〝練習〟もしないといけない。

パーティー当日までまだまだ気の抜けない日々が続きそうだ。

◇

そうして迎えた決戦の日の夜、明かりをつけた自室で恵太が準備を進めていると、部屋着姿の姫咲(ひさき)が顔を出した。

「お兄ちゃん、そろそろ時間だけど準備できた？」

「髪型で苦戦したけど、なんとか」

「おお、なんだか大人っぽいね」

普段と違う兄貴分の出で立(いた)ちにイトコが目を輝かせる。

真新しい白のスーツに身を包み、整髪料でしっかりと前髪を上げた恵太(けいた)は、どこから見ても恥ずかしくないパーティー仕様に変貌を遂げていた。

「お兄ちゃんもとうとうパーティーデビューかぁ」

「最低限のマナーは乙葉(おとは)ちゃんに教わったけど、今から失敗しないか心配だよ」

「大丈夫だよ。そのために頑張ってきたんだし、絶対に成功するって」

「ありがとう」

イトコの応援が心強い。

自信をくれたお礼に頭をくしゃくしゃと撫(な)でてあげた。

「そういや、乙葉ちゃんは？」

「お姉ちゃんは準備があるから先にいくって。向こうの協力者と共謀して、いろいろいい感じに根回ししとくって言ってた」

「漠然としてるのに頼もしい」

そういう働きかけは浦島乙葉の得意分野だ。本番で動きやすくなるように、いい感じに舞台を整えてくれるだろう。

「わたしもパーティーいきたかったなぁ」

「明日は学校だし、中学生は早く寝ないとね」

「はぁい」

しっかり者で隠れ巨乳の姫咲だが、彼女はまだ中学生だ。

悠磨には連れてきてもいいと言われていたが、今回はガッツリ仕事に関する集いなので、乙葉と話してお留守番してもらうことにしたのである。

と、そこで机に放っていたスマホが短く震えた。

通知の出ているスマホを拾い上げ、着信を確認していると、横から姫咲が覗き込んでくる。

「瑠衣さん？」

「うん。準備できたから、先に下りて待ってるって」

「待たせちゃ悪いし、早くいってあげなよ」

「そうだね」

こちらも準備は整っている。

スマホを仕舞い、愛用のタブレットPCが入った鞄を持って部屋を出る。

「じゃあ、いってきます」

「いってらっしゃい。頑張ってね」

可愛い妹分に見送られ、革靴を履いた恵太は愛しい我が家をあとにした。

マンションの通路を進み、エレベーターを呼び出し乗り込む。

七階から一階へ向かう間も、頭の中は今日の計画のことでいっぱいで――

だから、まったく想像していなかった。

これから一緒に今夜のパーティーに出席する〝彼女〟が、どのような格好をしてくるかということに。

「――あ、やっときた」

エレベーターの自動ドアが開き、一階に降り立った恵太を出迎えたのは、鮮やかな赤いドレスをまとった同級生だった。

ドレスは胸元が開いたデザインで、スカート部分は長すぎず短すぎない上品な佇まい。

彼女自身もうっすらと化粧が施され、美貌に磨きがかかっている。

小振りなバッグを手にした瑠衣はとても華やかで、年相応の可憐さも持ち合わせていて、思わず一瞬、息を呑むほどに美しかった。

「浦島？　準備できたんだよね？」

「あ、ああうん。バッチリだよ」

彼女の声で現実に引き戻される。

これから決戦の地へ向かうのだ。

気を引き締めないといけない。

「それにしても浜崎さん、ドレス似合ってるね」

「え？　そう？」

「うん、すごく綺麗だと思う」

「はいはい。社交辞令どうも」

澄ました顔で謙遜する瑠衣だったが、もちろん社交辞令などではない。

(忘れてたけど、浜崎さんっていいところのお嬢様なんだよね)

普通に海辺の別荘を持っていたりする社長令嬢なのだ。

こういう服も普段から着慣れているのだろう。

何も無理をしていないというか、服に着られているような恵太と違い、彼女のドレス姿はとてもしっくりくる。

「そういう浦島も様になってるじゃん」

「ありがとう」

会社の経営や外回りについては乙葉に任せきりなので、スーツを着る機会は多くないが、乙葉に必要になるから作っておけと言われて仕立てておいたものだ。

彼女に比べたら急ごしらえな感じは否めないが、形にはなっているだろう。

「それじゃあ、俺たちも出発しますか」

「おーっ！」

この格好で電車移動するわけにはいかないので、呼び出したタクシーに乗り込んで会場のある都内に向かうことになった。

車の後部座席にふたり並んで収まって。

初老の運転手さんに目的地を告げ、車に揺られること三十分ほど。

恵太たちを乗せたタクシーは渋滞に捕まることもなく、無事に会場に到着した。


「これがお金持ちのパーティーか……」

浜崎悠磨主催のパーティーは、ホテルの宴会場を貸し切って行われていた。

そこはとにかく広い空間で、天井は見上げるほど高く、反対側の壁は全力で走ってもすぐにはつかないくらい遠い。

ビュッフェ形式で並べられた豪華な食事に、大勢のスタッフたち。

豪華絢爛とはまさにこのこと。招待客も軽く百人くらいはいそうだし、どれほどの予算で成り立っているのか一介の高校生には想像もつかない。

「これがお金持ちのパーティーか……」

「なんで二回言ったの？」

「ちょっと、世界の違いにびっくりしちゃって」

「よくわかんないけど」

「浜崎さんは、やっぱりこういう催しは慣れてるの？」

「まあ、子どもの頃から何度も参加してるしね」

どうりで動じていないはずだ。

子どもの頃からとなれば、この光景は彼女にとっては日常の一部なのだろう。

改めて浜崎瑠衣のお嬢様っぷりを実感する。

少しでもこの場の空気に慣れておこうと、会場を見回しているとあることに気づく。

「こうして見ると、けっこう若い人が多いんだね」

「この業界、二十代の社長とかざらにいるからね。あとは、アパレル部門のほうで起用してるモデルの人とかもきてるし」

「言われてみれば、芸能人っぽい人たちがちらほらと」

一般人とは明らかにオーラの違う人間を何人か見つけた。

なかには雑誌やテレビで見たことのある人までいる。

「悠磨さんは、こんな場所で婚約発表するつもりだったのか……」

「ぞっとするよね……」

これほどの著名人が集まる場所でそんな発表をしてしまえば、その時点で既成事実になってしまう。

そうなったら簡単に前言を覆すことはできない。

否、覆すことはできても良い印象にはならないと言うのが正解か。

多くの人の目というのはそれくらい大きな影響力があるのだ。

「悠磨さんたちに挨拶しにいったほうがいいかな？」

「今は無理だと思うよ。たぶん、いろんな会社のお偉いさんと話してると思うし」

「あー、それじゃあ邪魔しちゃ悪いね」

会社のお偉いさんとお喋りとか、本当に自分とは縁遠い世界である。

「……ん？　あれって……」

煌びやかな格好の人々の中に、見知った顔を見つけた。

向こうもこちらに気づいて手を挙げると、ショートの髪を弾ませながらこちらにやってくる。

「恵太くん、やっほー」

「どうも、柊奈子さん」

この芸能人顔負けの美女は瀬戸柊奈子。

恵太の友人の秋彦の姉で、歳は二十代前半。

今日の彼女はモデル並みナイスバディをフォーマルなスーツに包んでおり、その瞳を恵太の隣に立つ少女に向ける。

「そっちの子は瑠衣さんだよね。お父さんにはいつもお世話になっております」

「こちらこそ。瀬戸さんの記事、いつも楽しく読ませていただいてます」

ふたりの美女が挨拶を交わし、恵太も会話の輪に加わる。

「柊奈子さん、今日はよろしくお願いします」

「ええ。お姉さんに任せてちょうだい。悪いようにはしないから♪」

不敵な笑顔が頼もしい。

実は、柊奈子は今回の計画の協力者だった。

というのも瀬戸柊奈子は編集記者という顔を持っており、悠磨の経営するアパレルブランドの記事を書いた関係で、元々招待されていたらしい。

そうなると話は早い。

柊奈子がパーティーに出席するとの情報を掴んだ恵太は、彼女に協力を要請した。

その申し出を、彼女は「面白そうだからＯＫ」と快諾してくれたのだ。

彼女には今回の計画における重要な部分を担ってもらう手筈になっているのだが、今後の流れに関しては事前に打ち合わせが済んでいるので今は置いておこう。

「あ、そうだ。さっきまでリュグの代表さんと話してたんだよ」

そう言って柊奈子が体を後ろに向ける。

そちらには椅子にちょこんと腰掛け、黙々とピザを食べている黒いドレス姿の幼女――

あらため浦島乙葉の姿があった。

「それじゃ、私は他にも挨拶があるから」

「あ、はい」

軽く手を振って柊奈子がその場を離れる。

スーツ姿の美女を見送った恵太たちは、その足で乙葉の元へと赴いた。

「乙葉ちゃん」

「んお？」

声をかけると、食べる手を止めて乙葉が顔を上げる。

「おー、お前らもきたか」

「わ……ドレス姿の乙葉さん、めちゃくちゃ可愛いんだけど……」

「どーも」

今日の乙葉は普段のラフな服ではなく、しっかりとしたパーティー仕様のドレスを着用していた。

華やかなデザインの黒のドレスに、ポニーテールを結ぶ大きなリボンも可愛らしい。

「ふふーん、可愛いでしょ？　この子、俺のイトコなんだよ」

「なんでお前が誇らしげなんだよ」

ジト目を向けてくる浦島乙葉さん（二十歳）。

こう見えて少しだけ年上なお姉さんに恵太は本題を切り出す。

「乙葉ちゃん、計画の首尾はどう？」

「ああ、そっちは上々だ。向こうの〝協力者〟とも話してきたし、機材の最終チェックも終わってる」

「さすが乙葉ちゃん」

「となると、あたしたちは時間まで待機だね」

浜崎悠磨氏による『恵太と瑠衣の婚約発表』は二十時に予定されている。

もちろん予定通りの発表をされると困るので浦島陣営が全力で妨害するわけだが、何事にもタイミングというものがある。

もうすぐ十九時半なので、決行まではあと三十分ほど猶予があった。

「まだ時間があるし、お前らもなにか腹に入れておけよ」

「そうしようか、浜崎さん」

「これから作戦があるんだから、間違ってお酒を飲んだりしないでよ？」

「気をつけるよ。俺たちは一蓮托生だからね」

「ん、自覚があるならよろしい」

満足そうに頷いた瑠衣と、とりあえず軽く食事を取ることにして、一緒に近くのテーブルまで料理を取りにいく。

そして、そんなふたりの様子を訝しげに見つめる合法ロリがひとり。

「……あいつらって、あんなに仲良かったっけ？」


その後、軽く食事を済ませた恵太と瑠衣が会場の隅に移動して休んでいると、挨拶回りを終えた浜崎夫妻がやってきた。

「やあ、恵太君。楽しんでくれてるかな」

「ええ、とても。食事も美味しいです」

そう答えながら彼の隣に立つレベッカを見ると、彼女は静かに会釈する。

夫のほうは今日もグレーのスーツ姿だったが、レベッカは前に瑠衣の家で見た秘書スタイルではなかった。

「ママがドレス着るのめずらしいね」

「悠磨さんにどうしても着てほしいと言われて……」

そう、今日のレベッカさんは素敵なドレスを着ていたのだ。

髪もハーフアップで眼鏡も外しており、悠磨と並ぶといかにも社長夫人といった装いで、モジモジと落ち着かなそうにしているのが初々しくて可愛い。

瑠衣の母親だけあり、その美貌は周囲の人も目を奪われるほどで、悠磨も得意げだ。

そんななか、恵太が何を考えていたかといえば——

(レベッカさんはどんなパンツを穿いてるんだろう?)

この通り、人妻の下着に興味津々だった。

我ながらとても罪深いと思ったが、どうしても考察を止めることはできなかった。

真剣な顔で人妻のパンツについて思いを馳せていると、悠磨が腕時計を気にしながら言う。

「そろそろ時間だね。これから予定通りふたりのことを紹介するから、一緒にきてもらえるかな」

「わかりました」

「オッケー」

口々に了承して恵太と瑠衣が目配せし合う。

「(ここからが正念場だね)」

「(ヘマしないでよね)」

悠磨とレベッカに連れられ、向かったのは会場の正面にあるステージの袖だった。

そこには目隠しのパネルが数枚設置されており、簡易控え室のような感じで、観客からは見えないようになっている。

「それじゃあ、まずは僕が登壇して挨拶するから目配せしたら出てきてね」

「わかりました」

恵太の答えに笑顔で頷く悠磨氏。

こちらに背を向けた彼がステージのほうへ足を向け、舞台袖から出ていこうとしたその時――

突然、悠磨の背後に立ったレベッカが彼の尻を蹴り飛ばした。

「痛あああっ!?」

強烈な一撃を受けて倒れる被害者。

一方、攻撃を加えた張本人は間髪入れずに倒れ伏した夫の腕を掴み、身動きが取れないよう容赦なくその場に組み伏せた。

「ちょっ、なにごと!?」

当然の疑問を叫びながら悠磨が首を後ろに向ける。

そこで、ようやく自分を拘束している犯人に気がついた。

「レベッカさん!?」

「悠磨さん、お覚悟を」

「なにその不穏な台詞⁉　僕、これからどうなっちゃうの⁉」

「安心してください。暴れなければ痛くしませんよ」

それにしてもこの人妻、ノリノリである。

何か日頃の恨みでもあるのか、どこかウキウキした様子で夫の動きを封じている。

「すみません悠磨さん。俺たちがレベッカさんにお願いしたんです」

「……いったいどういうことなんだい？」

さすがは大企業を経営する取締役。いろいろと言いたいことがあるだろうに、それらを全て呑み込んで冷静に状況を把握することにする。

そんな悠磨の勇士に敬意を払い、満を持して真実を伝えることに舵を切った。

「今まで言い出せなかったんですが、実は俺と浜崎さんは付き合ってないんです」

「……はい？」

「ずっと交際してるフリをしてたんです。悠磨さんの誤解をとけば、浜崎さんがリュグを辞めることになるかもしれないと思って……」

「え……いや、でも……それなら、こないだ送ってきたデートの写真は？」

「ふたりで示し合わせてカップルっぽく撮影しただけですね」

「なんと……じゃ、じゃあ、本当にふたりは付き合ってないの？」

「そうなります」

「結婚の予定も？」

「今のところありません」

「ええ……」

彼の心情は察するに余りある。

今の今まで、公衆の面前で婚約発表までしようとしていたのだ。

実は付き合っていなかったという恵太(けいた)の告白は、まさに青天の霹靂(へきれき)だっただろう。

「ごめんね、パパ。浦島(うらしま)と付き合ってないことがバレたら連れ戻されちゃうと思って、言い出せなくて……」

「瑠衣(るい)……」

「まあ、だいたいは勝手に勘違いして暴走した貴方(あなた)のせいですけどね」

「う……」

悠磨が苦い顔をする。

愛する女性に組み伏せられたままなのがまたシュールだ。

「けど、そうか……ふたりは付き合ってなかったのか……。これは、重大発表をすると伝えてしまった人たちに謝らないといけないね」

「あ、その点は大丈夫です」

「え？　大丈夫って……」

「悠磨さんの顔に泥は塗らないので安心してください」

「そのために、ママに協力してもらったんだよ」

「レベッカさんに？」

「協力しちゃいました」

旦那に困惑した視線を向けられ、レベッカがあっさり自白する。

悠磨を取り押さえた時点でおわかりだと思うが、先ほど乙葉との会話で出ていた『向こうの協力者』とは浜崎レベッカのことだ。

彼女にはここで恵太たちが自由に動けるよう暗躍してもらっていたのである。

「……君たちは、いったいなにをするつもりなんだい？」

「それは、実際に見てからのお楽しみです」

せっかくここまで焦らしたのだ。

彼には最高の形で自分たちの『成果』を見てほしかった。

「まあ、ここで貴方がいくらごねようと、私が押さえているので無駄なんですけどね」

「レベッカさんはそろそろ退いてくれていいんだけどね!?」

「あ、恵太さん。プロジェクターはステージに用意しておきましたので」

「ありがとうございます」

「聞いてる!?　僕の扱いぞんざいすぎない!?」

喚く悠磨氏には目もくれずに鞄から夕ブレットを取り出し、動作を確認したのち、瑠衣と並んで彼に向き直る。

「それじゃあ、時間も押してるので始めさせてもらいますね」

「始めるって……」

「ま、悪いようにはしないからさ。期待しててよ、パパ」

「瑠衣……」

拘束された主催者に代わり、スーツとドレスでばっちり決めた主役たちが並んでステージに向かう。

そんなふたりを、床に組み伏せられた悠磨と組み伏せたレベッカが見送って——

「もう全てが不安すぎる……」

「まあまあ、悠磨さん。ここは若いふたりに任せましょう」

「レベッカさんは、ふたりがなにをするか知ってるんだね」

「ええ、きっと驚くと思いますよ」

「……君がそう言うならそうなんだろうね」

悠磨の妻は自分にも他人にも厳しいタイプの人間だ。

秘書として必要とあれば社長の悠磨にも苦言を呈する人なので、そんな彼女が言うのだから彼らに任せても問題ないのだろう。

「……ところでレベッカさん？」

「はい？」

「もう抵抗しないから退いてもらってもいいかな」

「ああ、忘れていました」

しれっと言って、レベッカが愛する夫の自由を解放する。

体を起こした悠磨は妻と寄り添うようにその場に立ち、ステージに登壇した娘とそのパートナーの姿を見守ることにした。


時刻は二十時ちょうど。

浜崎悠磨が主催するパーティーの会場で、白のスーツをまとった恵太は赤いドレス姿の瑠衣と共にステージに登壇した。

どこかにカメラがあるらしく、その様子がステージ後ろの巨大スクリーンに映し出され、若い男女の登場に会場が静かになる。

「浦島、マイク」

「ありがとう」

瑠衣からマイクを受け取り、招待客のほうに体を向ける。

「えー、皆さま本日はお忙しいなかお集まりいただき誠にありがとうございます。楽しんでいただけているでしょうか？」

その問いかけに複数の「楽しんでまーす！」という声が上がる。

主催者の明るい人柄がそうさせるのだろう。

参加している招待客もノリがいい。

「ありがとうございます。それでは改めて自己紹介させていただきます。ご存じの方もいらっしゃるかもしれませんが、私はランジェリーブランド『RYUGU・JEWEL』でデザイナーをしている浦島恵太といいます。そしてこちらが――」

「『KOAKUMATiC』所属のデザイナー・浜崎瑠衣です」

ふたりの自己紹介に「おお～」と声が聞こえてくる。

特に、瑠衣のことを知っていると思しき人たちから「瑠衣ちゃん可愛いよ～」などと温かい声援が送られた。

「実は、今日は皆さんに重要なご報告があります。私たちのブランドに関することです。あんまり焦らすのもなんなので、さっそく本題に入りたいと思います」

言いながら視線を瑠衣に向ける。

自己紹介のあと、恵太のタブレットとプロジェクターを繋いでいた彼女がこちらを見てコクンと頷いた。

「本日、皆様にご覧いただきたいのはこちらになります！」

身振り手振りを加えて恵太(けいた)がステージの背後を示す。

プロジェクターを通し、スクリーンに映し出されたのは、とある企画に関するプレゼン資料だった。

それは恵太が持ち込んだタブレットPCに入っていたもので、巨大な画面には細身のトルソーの写真が表示され、そのマネキンには真新しい女性用下着が装着されていて。

白の生地に柔らかいオレンジの水玉模様が描かれており、ショーツはフレアパンツと呼ばれる短パンの裾をふわりと膨らませたような形をしている。

「このランジェリーは、コアクマチックのデザイナーである彼女と、リュグ・ジュエルのデザイナーである私が共同で開発したものです」

画像のアイテムは制作中のランジェリーのプロトタイプだった。

では、異なるふたつのブランドのデザイナーが共同開発したというのはどういう意味なのか？

この時点で察しのいい人は気づいただろう。

観客の反応に口元をニヤリと緩ませて、サプライズの仕掛け人が言い放つ。

「来月の十月下旬より、コアクマチックとリュグ・ジュエルのふたつのブランドによるハロウィンコラボイベントを開催いたします！」

遂にお披露目となったコラボイベントの情報。

その発表に、会場から「おおーっ!!」と歓声が上がる。

そして――

「コラボイベント!?」

観客よりも、舞台袖の悠磨氏がいちばん驚いていた。

無理もあるまい。自分が経営する会社が関わっているのに、裏で企画が動いていることをまったく知らなかったのだから。

暗躍してくれたレベッカさんには本当に感謝しかない。

盛り上がってきたところで恵太はマイクを握り直し、締めに入る。

「このプロトタイプを軸に、他にも数点、ふたつのブランドの特色を織り交ぜた特別なランジェリーを発表する予定なので、ぜひ今後の動向にご注目ください！」

これこそが、乙葉の考えた窮地を脱する方法。

婚約発表という一大イベントを華麗に回避するばかりか、企画を通して様々な仕事を生み出し、両社の利益にも繋がる一石二鳥の計画だった。

(まあ、正確には、今の浜崎さんはマチックの所属じゃないんだけどね)

ただ、今回はふたつのブランドのコラボ企画ということで、瑠衣をマチックの代表にしたほうがわかりやすいと判断し、こういう紹介をすることになったのだ。

この件に関しては、マチックのスタッフに事情を説明して了承を得ているとのこと。むしろ、社長の娘である瑠衣はスタッフたちに愛されているらしく、また彼女と一緒に仕事ができると喜んでいるそうだ。

と、PCを操作していた瑠衣が戻ってくる。

「盛り上がってよかったね」

「うん。――柊奈子さん、ちゃんと撮ってくれたかな」

「大丈夫っぽいよ。ほら」

彼女が指で示した先、ステージ正面の少し奥のテーブル席から、カメラを手にした柊奈子が大きく手を振っていた。

「あっちも首尾は上々みたいだね」

柊奈子には今回のコラボ企画のことを記事にしてもらい、大々的に宣言してもらう予定になっていた。

あの様子なら必要な写真は撮れているだろう。

「それじゃあ、あとは最後の問題を片付けにいきますか」

「あそこで呆然としてるパパに種明かしをしないとね」

かねてより温めていた計画は大成功に終わったが、舞台袖で呆然としているマチックの社長に事情を説明するという大仕事が残されていた。

慣れない大立ち回りでヘトヘトだが、もう少しだけ頑張ることにしよう。

コラボイベントの発表後、パーティー会場の近くに用意された控え室に関係者が勢揃いしていた。

顔ぶれは恵太と瑠衣、浜崎夫婦に乙葉の五人である。

以前の食事会と同じ席順で恵太たちと夫婦がテーブルを囲み、乙葉だけ部屋の壁に背中を預けて立っている。

見た目幼女な彼女の手にはワインの入ったグラスがあったが、あまり深く突っ込まないでおこう。

「――まあ、事情はわかったよ。つまり恵太君たちは、交際してないことが判明したら僕が瑠衣を連れ戻すと思って恋人のフリをしてたんだね」

椅子に座り、全てを聞いた悠磨は得心がいった様子だった。

「レベッカさんは、ふたりが付き合ってないことを知ってたわけか」

「以前、瑠衣のマンションで食事会をした時は気づきませんでしたけどね。ふたりとも、とても仲が良さそうでしたので」

「そう言われると照れますね」

「別にそこまで仲良くないし……」

照れる恵太と、持ち前のツンデレを発揮する瑠衣。

ひとりだけ何も知らなかった悠磨だけは苦い顔だ。

「けど、レベッカさん。僕に内緒で勝手に企画を動かすのは問題なんじゃない？」

「あら？　勝手に娘の婚約発表をしようとしたのはどこのどなたでしたっけ？」

「む……」

「貴方がふたりの仲を勘違いして早とちりしたせいで、誤った情報を各所に拡散させてしまうところだったんですよ？　反省してください」

「はい……以後、気をつけます」

勝敗が決した瞬間だった。

夫婦のやり取りを見ていた恵太がぽつりと呟く。

「レベッカさん、強いね」

「ま、あたしのママだしね」

「納得」

彼女の気の強さは母親譲りらしい。

「悠磨さんに内緒で企画を進めてすみませんでした。──でも、方向性の違うふたつのブランドが手を組んで、新たなランジェリーを生み出すって、なんだかワクワクしませんか？」

「ワクワクか……君のお父さんもよくそんなことを言ってたね」

「父さんが？」

「不愛想な奴だけど、昔からランジェリーと仕事の話をする時は楽しそうだったよ。今の君みたいにね」

「そうですか……」

未だ、恵太のことをリュグの後継者として認めてくれない父親。

自身が立ち上げたブランドを畳むつもりでいる人だが、最愛の妻を亡くす前の父は、たしかに楽しそうに仕事をしていたと思う。

瑠衣や他のみんなと共に頑張っていれば、いずれは認めてくれる日がくるだろうか？

と、ここで席を立った瑠衣が父親の前に進み出た。

「パパ、あたしの今後のことなんだけど……」

「今回のことは僕の早とちりが原因だしね。今さら瑠衣を連れ戻したりしないよ」

「……ほっ」

「恵太君のことは信用してるからね。――もちろん、交際してないのに娘に手を出したりしたらそれなりの対処はさせてもらうけど」

「もちろんです」

いちばんの懸念が解消された。

これで瑠衣が連れ戻される心配はなくなったし、彼女がいてくれたらリュグは安泰だ。

「それにしても、コラボ企画なんてよく考えたね」

「乙葉ちゃんが考えてくれたんです」

「なるほど、乙葉さんが。若いのにずいぶんとやり手のようだ」

「乙葉ちゃんはうちの軍師ですから」

「いや、だからなんでお前が自慢げなんだよ」

壁に背を預けて立ち、会場から持ち込んだお酒を飲んでいた乙葉から呆れたようなツッコミが飛んでくる。

「ちなみに、私は二十歳超えてるからお酒を飲んでも問題ないんだぞ」

「誰もなにも言ってないよ」

「でもたしかに、乙葉さんがお酒を飲んでると不安になるかも……」

瑠衣の気持ちはわかる。

年齢的に問題ないと理解していても、見た目小学生にしか見えない乙葉が飲酒していると反射的に止めたくなるのだ。

「ま、まあ、とにかくこうなった以上は僕も協力させてもらうよ。見せてもらった資料も面白そうだしね」

「ありがとうございます」

「けど、そんなにゆっくりしてる時間はないよ？」

「はい。むしろ、ここからが大変ですからね」

ハロウィンコラボの実施は来月下旬。もうあまり時間はない。

せっかくの企画で新商品がワンセットだけというわけにはいかないし、他の下着の制作もすぐに取りかからないといけない。

「元はといえば貴方(あなた)の勘違いが原因なんですから、全力で仕事して挽回(ばんかい)してください」

「わ、わかってるよ」

社長秘書兼妻の尻に敷かれている悠磨(ゆうま)氏を、瑠衣と恵太(けいた)が生暖かい目で見守る。

「大人が叱られてるのって、見てると切なくなるよね」

「あれ、浜崎(はまさき)さんのお父さんだけどね」

この時、恵太は心から思った。

将来、もしも自分が誰かと結婚しても、絶対に悠磨さんのようにはなるまいと。

浜崎夫婦と別れたあと、ホテルを出たチーム・リュグの三人はタクシーを使い、自分たちのマンションに帰還した。

瑠衣、恵太、乙葉の順にエレベーターに乗り込み、三人揃(そろ)って息をつく。

「あたし、もうクタクタ」

「俺も。ずっと気を張ってたからね」

「恵太ぁ、疲れたからおんぶして」

「もう少しだから頑張ろうね」

慣れないパーティーで気疲れしたというのもあるが、やはり計画が失敗しないよう緊張していたのが大きいと思う。

「じゃっ、私はシャワー浴びて寝るから」

七階に着くやいなや、そう言って乙葉がさっさと自宅に引っ込んでしまった。

「乙葉さん、けっこう飲んでたけどシャワー浴びて大丈夫なの？」

「湯船に浸かったりしなきゃ大丈夫じゃない？」

飲酒経験のない高校生にはわからない問題だ。

「もう遅いし、俺たちも休んだほうがいいね」

「あ、ちょっと待って」

乙葉に続き、部屋に戻ろうとすると、背後から呼び止められた。

「あのさ……もう少しだけ話したいんだけどいいかな？」

「うーん、俺はいいけど……」

「なにその煮え切らない返事」

「こんな夜遅くに、付き合ってない男女が一緒にいていいものかと思って」

「深夜にあたしの部屋でテスト勉強してた奴がなに言ってんの」

　今さらだった。

　彼女の父親に釘を刺されたばかりだが、今日のところは見逃してもらうことにして、彼女と並んで外の景色に目を向ける。

　ビルの明かりを眺めながら、世間話をするように彼女が話し始める。

「あたしね、こう見えて昔からけっこう縁談とか持ち込まれるんだ」

「おお、上流階級って感じだね」

「でも、正直ぜんぜん興味なくて。ずっとパパが断ってくれてたんだよね。自分で言うのもなんだけど、あの人ってばあたしにベタ甘だし。誰にも可愛い娘はやらんって感じで」

「それは想像できるね。……あれ？　でも、俺と浜崎さんの仲は率先して応援してたようなな……」

「うん。だから、浦島のことは相当気に入ってるみたい」

「そうだったんだ」

　考えてみれば当然だが、信頼してなければ大切な娘を預けたりしないはずだ。

　ましてや結婚なんて絶対に認めるわけがない。

「悠磨さんには、悪いことしちゃったね」

「まあ、パパが早とちりしただけだからね」

それでも、勘違いだと判明した時点で本当のことを話すべきだった。

そうすれば変に期待させずに済んだはずなのに。

「……まあ、今はアンタと結婚するのも、ちょっと楽しそうかもって思ってるけど」

「え？」

思わず横を見ると、頬(ほお)を赤く染めた彼女と目が合った。

「あ、あくまで趣味が合いそうって話だから！」

「ああ、なるほどね」

同じランジェリー制作に関わる人間として、話していると楽しいと恵太(けいた)も思っていた。

妙な空気を吹き飛ばすように瑠衣(るい)が咳払(せきばら)いをする。

「そ、それはそれとして！　コラボ企画の内容を詰めないとね」

「今回はハロウィンイベントだし、企画の顔になるランジェリーはとびきり可愛(かわい)いものにしたいよね」

それぞれのブランドの代表として、今回の企画では恵太と瑠衣が共同でデザインを担当することになっている。

できるだけ価格を抑え、より多くのユーザーに届けるため、縫製は低コストに定評のあるマチックの工場ラインを利用する。

そのかわり、コラボ企画に関する宣伝やその他の雑務はリュグが引き受ける手筈だ。

まさに二人三脚。このあたりは乙葉やレベッカを交えて意見をすり合わせ、うまく役割分担ができたと思う。

「今日発表したメインのプロトタイプも、ここからブラッシュアップしないと」

パーティー会場で発表したランジェリーが本企画のメイン商品になる予定だった。

ここ数日ふたりで意見を交わし合って作ったもので、かなりデザインは詰められているが、まだ改善の余地がある。

「試作品はできてるし、実際に誰かに試着してもらったらいいんじゃない？」

「そうだね」

「あ、言っとくけどあたしはパスだからね？　さすがに、あのデザインはあたしには可愛すぎると思うし……」

「そんなことはないと思うけど。——まあ、そっちは俺のほうで声をかけておくよ」

ハロウィンを意識したとびきり可愛いランジェリー。

企画成功の鍵を握る特別な商品。

その下着のモニターとして、これ以上ないほど相応しい女の子に恵太は心当たりがあった。

「メインランジェリーのモデルは、あの子しかいないよね」

◇

週明けの放課後、学校の被服準備室で恵太が待っていると、金色の髪を揺らしながら幼馴染が顔を出した。

「こんにちは」

「絢花ちゃん、おつかれさま。急に呼び出してごめんね」

使用していたタブレットから顔を上げ、恵太が絢花の姿を視界に収める。

大事なものでも入っているのか、今日の彼女は鞄を胸に抱いていて、なぜか少し警戒した様子で青い瞳をこちらに向けた。

「それで恵太君、今日はなんの呼び出しなの？」

「ああ、うん。今度、浜崎さんと組んでコラボイベントをすることになったのは知ってるよね」

「ええ。リュグとマチックが共同でランジェリーを作るのよね」

「その企画の、メインランジェリーのモデルを絢花ちゃんにお願いしたいんだ」

「メインランジェリー……」

金髪碧眼の幼馴染。

幼い頃から付き合いのある、ひとつ年上の女の子。

彼女は恵太が父の跡を継いだ当初から下着作りのモデルを務め、ブランドを陰から支えてくれた大切なパートナーだ。

本人がプロのモデル業をしているため意見も参考になるし、後輩である新米モデルたちの面倒も見てくれている。

付き合いが長いこともあり、乙葉(おとは)と並んで最も信頼している仲間と言っていい。

だからこそ、重要なメイン商品のモデルをお願いしたかったのだが——

「今回はお断りするわ」

「……え？」

彼女の返答は、恵太にとって思いもしないもので。

凍り付いた男子の前で、抱えた鞄を強く抱きしめた彼女が、聞いたことのない冷たい声で言い放つ。

「わるいけど、他をあたってもらえるかしら」

第三章 冴えない××××の育てかた

Lingerie girl wo okini mesu mama

　その夜、北条絢花は自宅の浴室にいた。

　モクモクと立ち昇る湯気のなか、生まれたままの姿で熱めのシャワーを浴びながら、今日の出来事を思い返して「はあ……」とため息をつく。

「恵太君、怒ってるわよね……」

　考えていたのは幼馴染の男の子のこと。

　恵太からの協力の要請を断ってしまったことだ。

　彼にとっていちばん大切な下着作り。

　その制作工程において、実際にモデルが試着しての試作品の確認は、素敵なランジェリーを生み出すために必要不可欠なものだ。

　その重要な役目に名乗りを上げたキッカケは小学校の頃までさかのぼる。

　まだ幼かった恵太は、引っ込み思案で地味だった絢花に可愛いと言ってくれた。

　優しくて、格好よくて、絢花にとっては誰よりも大切な初恋の男の子。

　だからこそ、下着のモデルで彼の役に立てることが嬉しくて、協力できることが誇らしくて、こんな時間がずっと続けばいいと思っていた。

　それなのに──

「下着のモデル、初めて断っちゃった……」

　今まで、その申し出を断ったことは一度もなかった。

　本職の仕事が忙しい時も、なんとか時間を作って試着会に参加した。

　好きな人に感謝されて、求められることが嬉しかったから。

　少しでも近づけたらという下心で始めた協力関係だったのに、いつの間にか心から楽しんでいる自分がいた。

　そんな大切な関係を、自分で壊しかけているのだから救いようがない。

「……私、いったいなにしてるんだろう……」

　噛み合わない心と行動に嫌気がさす。

　流れ続けるシャワーの音を聞きながら、両腕で自身の体を抱きしめるようにしてその場にしゃがみ込む。

「どうして、こんなことになったのかしら……」

◇

　その日、恵太は昼休みの教室でクラスの女子三人と弁当をつついていた。

「――え？　絢花先輩にモデルを断られたんですか？」

「うん……」

四つの机をくっつけてできた即席テーブルで、姫咲特製の中華弁当を食べながら先日の出来事を話して聞かせたところ、隣に座る澪が意外そうに眉をひそめた。

「先輩が浦島君のお願いを断るなんて、ちょっと想像できませんね……」

「俺、絢花ちゃんになにかしたかな？」

「どうでしょう……わたしと違って、絢花先輩はパンツを見せろって言われたくらいじゃ怒らないと思いますし……」

なかなか際どい会話の内容に、それを聞いていた向かいのふたり――吉田真凜と佐藤泉が微妙な表情を浮かべる。

「みおっちたちがすごい異次元な会話してるけど、どう思う？　いずみん」

「ど、どうかな？　私にはなんとも……」

真凜に尋ねられ、長身のわりに気弱な性格の泉がお茶を濁す。

すると、正面に座る真凜が恵太に視線を移して、

「というか浦島くん、よくナチュラルに女子の輪の中に入ってこれるよね」

「あ、ごめんね吉田さん。迷惑だった？」

「ううん、ぜんぜん？　むしろメンタル強いなっていうか、なんか尊敬する」

「尊敬？」

「真凛さんはね、男の子はもっと積極的になるべきだと思うんだよ」

彼女曰く今の男子は草食すぎるので、もっと肉食にならないといけないとかなんとか。

がっつきすぎても引いてしまうが、まるで興味がなさそうなのも女の子としては嬉しくないらしい。

そんな意味のことを熱く語られたのだけど、正直なところ抽象的すぎてよくわからず、頭の中がクエスチョンマークで埋め尽くされてしまう。

「えっと……つまりどういうこと？」

「要するに真凛は、瀬戸君が自分にアタックしてくれなくて拗ねてるんですよ」

「え？　そうなの？」

「う……まあ……」

バツが悪そうに真凛が頷く。

「個人的には頑張ってアピールしてると思うんだけどね？　秋彦くんはウチのこと女の子として見てないっていうか、ただのオタ友だと思ってるみたいで……」

「あー……」

「ねえ、浦島くん？　もっと好かれるためには、どうしたらいいと思う？」

「え？　……う、うーん……」

どうしよう。

絢花のことで相談しにきたつもりが逆に恋愛相談をされてしまった。

予想外の展開ではあるが、彼女の気持ちを思うと無下にはできず、恵太も自分なりに考えてみる。

「それならいっそ、秋彦の好みの勝負下着で誘惑するというのはどうだろう？」

「勝負下着!?」

斜め上方向からの提案に、真凛が真っ赤になってあわあわし始めて、

「どうだろう、じゃないですから。普通に却下です」

慣れた様子で澪が恵太のアイデアを一蹴し、

「し、下の名前で呼び合えてる時点で春の時に比べたら大進歩だと思うよ？」

真凛の横から泉がそんなフォローを入れた。

「いずみん優しい〜。好き〜」

感極まった真凛が座ったまま泉に抱きつく。

それには恵太も同意見。

気配り屋さんの泉はいつも相手のことを気遣っていて、とても好感が持てた。

ところで件のイケメン男子こと瀬戸秋彦はといえば、恵太がランチに誘ったにもかかわらず、今日は学食で食べるからと早々に教室を出てしまっていた。

女の子に苦手意識のある彼なので、この大人数でご飯を食べるのは難しいようだ。

「まあ、真凛の恋愛相談は基本のろけなので置いておくとして――下着のモデルって、わたしや雪菜じゃダメなんですか？」

「もちろん水野さんたちにも頼むけど、メインの下着は絢花ちゃんにモデルをやってほしいんだよね。端的に言っちゃうとイメージの違いというか、今回の下着は絢花ちゃんが適役だと思うから」

「なるほど、イメージですか」

澪もモデルとなってしばらく経つ。

ある程度こちらの事情を理解しているので、恵太のランジェリー作りに関するこだわりも知っていた。

「なら、どうにかして絢花先輩を説得しないといけませんね」

「どうしたら引き受けてくれると思う？」

「そうですね……まずは協力を断った理由を調べてみるとか？」

「理由か……」

「そういうのは浦島君のほうが詳しいのでは？　幼馴染なんですし」

「それが、ぜんぜん見当もつかないんだよね。今まで一度もこんなことはなかったから」

「浦島君の変態っぷりに嫌気がさしたんじゃないですか？」

「それが原因ならとっくに愛想を尽かされてると思うよ」

幼少の頃よりセクハラの限りを尽くしてきたのだ。

出会い頭にスカートをめくったことも数知れず。

それでも恵太の仕事に協力し、快く下着を見せてくれていた女の子が、今さらそんな理由で離れていくとは思えない。

「絢花先輩、最近は本職のほうが忙しいみたいですし、それが関係してるのでは？」

「たしかに、それはあるかもしれないけど……」

絢花は『滝本(たきもと)あや』の芸名でモデル活動をしている。

最近はファッション誌の評判がいいらしく、冬の新作ラッシュの影響もあって、ひっきりなしに撮影の仕事が舞い込んでいるらしい。

そのため、土日や放課後もなかなか時間が取れないのだ。

「でも、そういうのじゃなかった気がするんだよね……」

どんなに仕事が忙しくても、今までは恵太のために時間を作ってくれていた。

なのに、先日の絢花は警戒するような視線をこちらに向けて、協力の要請を冷たい口調で拒否した。

それが意味するのは——

「もしかして浦島君、避けられてるんじゃないですか？」

「ぐはぁっ⁉」

その瞬間、恵太は机に突っ伏した。

澪の指摘は心の急所にクリティカルヒットだった。

「みおっち、容赦ないね……」

「浦島君、大丈夫？」

「な、なんとか……」

心配してくれた泉になんとか応える。

「避けられてる、か……」

そうではないと思いたいが、原因がわからないので否定もできない。

ただ、ひとつだけわかったことがある。

自分にとって、北条絢花という女の子は特別な存在だということ。

本当に大切だからこそ、幼馴染に避けられてるかもしれないという推測が、思った以上に精神的なダメージをもたらしたのである。

ランチを済ませ、教室を出た恵太は三年の教室がある校舎の四階に足を向けた。

「とにかく、絢花ちゃんと話をしないことには始まらないよね」

昨日の今日ではあるが、失敗を恐れていたら何も成し遂げられない。

メールで伝えようかとも考えたが、なんとなく誠意が伝わらない気がして面と向かって頼み込むことにした次第である。

決意を新たに三階の廊下をテクテク歩き、階段に到着すると、ちょうど下の階からやってきた女子生徒と鉢合わせになった。

「あれ、雪菜（ゆきな）ちゃん？」

「あ、恵太先輩」

彼女は一年生の長谷川（はせがわ）雪菜。

今をときめく若手女優であり、女子高生とは思えないGカップのバストの持ち主だが、今日はその豊かな胸の主張が普段よりも強調されていた。

というのも、彼女が大量のプリントを抱えていたからで。

紙の束の上に、ふたつの巨峰がどっしりと乗っかってしまっていたのだ。

「それ、どうしたの？」

「ちょっと先生に頼まれてしまいまして」

話を聞くと、雑用を頼みに担任が教室にきたそうなのだが、クラス委員が不在で、ちょうどトイレから戻ってきた雪菜が目をつけられたらしい。

その後、職員室から四階にある地学準備室までの運搬を任されたという。

「それは不運だったね」

「いつもなら親衛隊のみんなが代わってくれるんですけど、今日に限って近くに誰もいなくって」

「まだ解散してなかったんだね、雪菜(ゆきな)ちゃん親衛隊」

過去にさんざん煮え湯を飲まされた相手だ。

個人的にはもう二度と関わり合いになりたくない。

「とりあえず、プリント運ぶの手伝うよ」

「え、いいんですか？　用事があったんじゃ？」

「でも、見るからに大変そうだし」

それに、プリントで胸が強調されていたいけな男子には目に毒だし。

なぜだか、あまり他の人には見られたくなかった。

そんなわけで後輩の手からプリントの大半を頂戴する。

抱えたプリントは男子にとってはそこまでの重量ではなかったものの、体の小さな雪菜には重かっただろう。

「優しいんですね」

イタズラっぽい笑みをたたえた後輩が、試すように見つめてくる。

「そんなに私の好感度を上げて、いったいどうするつもりなんですか？」

「別にどうもしないけど」

「なるほど、恵太(けいた)先輩は私の大きな胸を好きにしたいんですね」

「言ってない言ってない」

ありもしない容疑をかけるのはやめて頂きたい。

「時間ももったいないし、早く運んじゃおう」

「あっ、待ってくださいよ～」

プリントを抱えて階段に足をかけると、後ろから追ってきた雪菜(ゆきな)が隣に並んだ。

そのままふたりで四階へ。

三年生の教室を横目に地学準備室に向かう。

その際、絢花(あやか)の教室の前でさりげなく彼女を探してみたが、どうやら不在らしく金髪少女の姿はなかった。

鍵のかかっていない準備室にプリントを運び込み、壁際のテーブルの空いてるスペースに適当に置いてミッション完了。

あとは先生が勝手にどうにかするだろう。

「手伝っていただいてありがとうございました」

「いえいえ」

そんなやり取りをしつつ、もうここに用はないので一緒に部屋を出る。

「そういえば、恵太先輩はどこにいこうとしてたんですか？」

「ああ、ちょっと絢花ちゃんを探してて」

「北条（ほうじょう）先輩を？」

「まあ、さっき教室を覗（のぞ）いたらいなかったんだけどね」

「先輩なら、あそこにいますけど」

「え？」

　雪菜が指さしたほうを見る。

　昼休みということもあり、廊下にはそこそこ上級生たちが点在していたが、彼女ほど探すのが簡単な人間はいない。

「っ」

　反射的に準備室の前から駆け出す。

　見失う距離ではない。それでもなるだけ早く、人にぶつからないよう避けながら奥に進み、ターゲットの背中に声をかけた。

「絢花ちゃん！」

「……えっ？」

　名前を呼ばれた絢花が、金色の髪を揺らしながら振り返る。

　こちらの姿を認めた瞬間、その青い瞳に動揺の色を滲（にじ）ませた。

「恵太君……どうしてここに……」

「絢花ちゃんと、もう一度話がしたくて」

「……もう話すことなんてないわ」

目を逸らして、昨日と同じ冷たい声で答える絢花。

遅れてやってきた雪菜にちらりと視線を向けたが、それも一瞬で、話は終わりだというように踵を返す。

しかし、こちらとしてもここで退くわけにはいかない。

「待ってくれ！」

考える前に体が動き、咄嗟に彼女の手を掴む。

「ちょっと、いい加減に――」

「俺には絢花ちゃんしかいないんだ！」

「……へ？」

その瞬間、絢花が驚きで目を見張った。

手を振りほどこうと振り向いた幼馴染が完全に動きを止め、それを好機と判断した恵太が更に思いの丈をぶつけていく。

「俺、今回は絶対に絢花ちゃんにするって決めてたから、今さら他の子に乗りかえるなんてできないよ！　他の子じゃ満足できない……絢花ちゃんの体じゃなきゃダメなんだ！」

「恵太君⁉　いったいなにを言ってるの⁉」

激しく動揺した幼馴染が何か言っていた。

けれど、熱いくらいに加速した感情は止まらない。

もう逃がさないというように、絢花の小さな手を、両手で挟むようにして握る。

「もう一度、俺のために脱いでくれないかな？」

「ちょっ⁉」

正直、かなり危険な発言を繰り返しているような気がするが今更だろう。

ちなみに、事情を知らない雪菜はどうしたらいいかわからずオロオロしていて。

その騒ぎに「なんだなんだ？」と人が集まってきた。

不特定多数の同級生たちに好奇の視線を向けられ、白かった幼馴染の顔が、収穫期を迎えたリンゴのようにみるみる赤くなっていく。

「もうっ、いい加減にしてっ!!」

「あ……」

手を振り払われ、ようやく頭に上っていた血が引いていく。

突然の羞恥プレイを受けた絢花はといえば、華奢（きやしや）な肩をプルプルと震わせており、愛らしいお顔はもう怒りとか恥ずかしさで赤面状態だ。

「あ、絢花ちゃん……？」

「……私、もうリュグのモデルやめる」

「えっ⁉」

「二度と恵太君のモデルなんてしないから、もう話しかけてこないで！」

「絢花ちゃん⁉」

強引に手を振り払って絢花が再び逃走を図る。

反射的に伸ばした手は、今度は届くことなく空を切った。

去り際に見えた彼女の目には明確な拒絶の意思がこめられており、それ以上は追いかけることができずに恵太はその場にくずおれた。

「恵太先輩⁉　大丈夫ですか⁉」

駆け寄った雪菜が心配してくれる。

けれど、その後輩の声はどこか別の世界の出来事のように遠く感じられた。

頭の中にあるのは、先ほど幼馴染に投げかけられた絶縁の言葉で——

「絢花ちゃん……どうして……」

床に手をつきながら、自分の中に生まれた初めての感情に動揺する。

心にぽっかりと穴が空いたような、そこから大切な何かが零れ落ちていくような、どうしようもなく空虚な気持ち。

親しい相手に拒絶されることが、こんなに傷つくものだとは思わなかった。

ちなみにこの事件以降、恵太は居合わせた上級生たちから『絢花に告白して玉砕した哀れな後輩男子』という烙印を押されてしまったのだが、それは知らぬが花だろう。

その日の放課後、恒例の被服準備室で瑠衣に経緯を説明すると、向かいの椅子に腰掛けたビジネスパートナーが表情を曇らせた。

「……それで、結局センパイの協力は得られなかったワケ？」

「面目ない……」

「もうあんまり時間ないから、早めに試着してもらいたいんだけどね」

「たぶん、なにか理由があるとは思うんだけど……」

北条絢花は間違いなく何かを隠している。

よほど言いにくいことでもあるのか理由は話してくれず、ほとんど門前払いの対応だったが。

「恵太先輩、急に愛の告白みたいなことを言い出すからびっくりしました」

「雪菜ちゃんには事情を言ってなかったもんね」

恵太が隣に座る雪菜と喋っていると、はす向かいでスマホを操作していた澪が会話に入ってくる。

「わたしもメールで頼んでみたんですが、ダメでした」

「澪先輩が頼んでもダメとか……これ、相当まずいのでは……」

メンバーの間に暗い雰囲気が立ち込める。

北条絢花は女の子が大好きな女の子で、特に澪に入れ込んでいるフシがある。

その澪の頼みでも色よい返事をもらえなかったとなると、かなり危機的な状況と言わざるをえない。

「北条先輩、恵太先輩に〝もう話しかけてこないで〟って言ってましたしね」

「もう俺のＨＰはゼロだよ……」

昼休みの一幕を思い出してテーブルに突っ伏してしまう。

絢花に拒否されたことは、自分が思っていた以上にダメージが大きかったようだ。

「ちょっと長谷川、浦島にトドメを刺してどうすんの」

「そんなつもりはなかったんですけど……」

「やる気のないゾンビみたいになってるじゃん」

「うーん……こうしたら元気、出ませんかね？」

そう言って、雪菜が両手で自身のスカートをたくし上げた。

ぎょっとする瑠衣と澪をよそに、黒髪の下級生がいたずらっぽい笑みを浮かべてスカートの裾をヒラヒラさせる。

「ほらほら恵太先輩、先輩の大好きな女の子のパンツですよ？」

「……うん、可愛いね」

水色のパンツは非常に可愛かったが、心のＨＰの回復をするまでには至らず恵太のゾンビは再び机に突っ伏してしまう。

「ふむ、これは重症ですね」

「それよりアンタ、いきなりパンツを見せつけるとか正気……？」

後輩女子の行動に瑠衣がドン引きしていた。

渦中の雪菜はどこ吹く風で、いそいそとスカートを元の位置に戻したりなどしている。

「パンツはともかく、浦島君が重症なのはたしかですね」

「まあ……浦島が本気で落ち込んでるの初めて見たかも……」

「恵太先輩、いつも無駄にポジティブですからね。それだけ北条先輩にフラれたのがショックだったんですね」

席を立った雪菜が「よしよし」と頭を撫でてくれる。

告白されて以降、後輩女子が優しすぎて惚れてしまいそうだ。

「……ってかさ、話は飛ぶけど長谷川は浦島のどこに惚れたの？　コイツかなりの変態だよ？　女子のパンツを手洗いするような奴だよ？」

「酷い言いぐさだね……」

瑠衣の暴言に思わず顔を上げてしまった。

「まあ、たしかに女子の下着を見たがるのはどうかと思いますね」

「あれ？　雪菜ちゃんもフォローしてくれない感じなの？」

「でも、それ以上に素敵なところがたくさんありますから。私は変態だけど優しい恵太先輩を好きになったんです」

「雪菜ちゃん……」

向けられた可愛い笑顔にキュンときた。

なんとも照れくさい気分だったが、それは他の女子ふたりも同じのようで……

「な、なんだか聞いてるこっちが恥ずかしくなりますね……」

「この女たらし……」

「ぼそっと呪詛を吐かないでくれる？」

澪はともかく、瑠衣の視線が痛い。

完全に『女の敵』を見る目だ。

「ま、まあとにかく。絢花ちゃんの協力が得られるまで、試着会の開催についてはいったん見送りって感じかな」

「私がモデルできたらいいんですけどね」

「雪菜ちゃんの気持ちは嬉しいけど……」

「今回の試作品は控えめな子用に作ってるから、長谷川にはちょっとね……」

そう言うデザイナーふたりの視線は同じものに向けられていた。

それは言うまでもなく制服に包まれた見事なふたつの膨らみで。

可愛い後輩女子の胸は今日もたわわに実ってました。

夜になり、夕食を済ませた恵太は自室でデスクに向かっていた。

「うーん……なんかしっくりこないんだよね……」

愛用のタブレットに表示されているのは、コラボ企画の目玉であるメインランジェリーのデザインで……

「企画の顔になる下着だし、妥協は絶対にしたくない……やっぱり絢花ちゃんに試着してもらわないと……」

ランジェリーは女の子が身に着けて初めて完成する。

試作品の試着は絶対に必要な工程だし、そのためにもモデルである北条絢花の協力が不可欠なのに、今は彼女の協力を得るのが難しい状況だった。

「もういっそ自分で着てみようか……いや、目も当てられない事態になるだけだね……」

苦しまぎれのアイデアは即座にセルフボツに。

可愛いランジェリーを身に着けた男子高生という、世にも恐ろしい自画像を想像してしまった。

「そもそも、試作品のサイズは絢花ちゃん用だった」

パタンナーの瑠衣が、絢花の体型にピッタリ合うように製作した逸品だ。

恵太はおろか比較的小柄な瑠衣や澪でも無理だろう。

「……コーヒーでも淹れよう」

このまま続けても時間を無駄にするだけ。

そう判断し、気分転換しようと席を立つ。

欠伸を漏らしながら部屋を出て、廊下の奥にあるリビングへ足を運んだ。

「……あれ、姫咲ちゃん？」

家族の憩いのスペースには先客がいて、今日も今日とて髪をサイドテールにした姫咲が

ソファーに腰掛けていた。

——自身の両手で、左右の胸をそれぞれ鷲掴みにした状態で。

「あ、お兄ちゃん。どうしたの？」

「コーヒーを淹れにきたんだけど……姫咲ちゃんはなにをしてるの？」

「ああ、これ？　バストアップ体操だよ」

「バストアップ体操？」

「さっきテレビでやってたんだけど、こうすれば胸が大きくなるんだって」

「へー」

それは素晴らしい体操だ。

全ての女の子が自分の求める理想のバストサイズを手に入れられたら、世界の争いの何割かは確実に減るだろう。

「けど、姫咲ちゃんはそれ以上育てなくてもいいんじゃない？」

浦島姫咲のバストは現時点でＥカップ。

どちらかといえば巨乳に分類されるサイズだし、中学三年生という年齢を考えれば充分すぎる戦闘力だと思う。

しかし、当の彼女は「ちっちっち」と指を振って、

「現状に甘んじて満足してたら、人はそこから成長しないんだよ？」

「それはたしかに」

「まあ、お姉ちゃんの受け売りなんだけどね」

「その乙葉ちゃんはバストアップ体操やらないの？」

「いちおう誘ったんだけど、もう諦めてるからいいって」

「ああ、過去に試したことがあるんだね……」

神は残酷であり、バストサイズは十人十色だ。

「乙葉ちゃんのAカップはたいへん貴重だと思うし、個人的にはいつまでもそのままの乙葉ちゃんでいてほしいね」

小さくてもいいじゃない。

乙葉の永久不滅(エターナル)なちっぱいに幸あれ。

「まあ、あったらあったでなにかと有利かと思って。将来のためにおっぱいの育成を目指してるわけです」

「それはわかったけど、でもそれ学校とかでやったらダメだよ？」

「大丈夫だよ。他の男の子の前じゃ絶対にやらないから」

「ならよし」

中学生の男子には目に毒すぎる光景だ。

分別のある妹に育ってお兄ちゃんは嬉(うれ)しいです。

「コーヒー淹(い)れるけど、姫咲ちゃんもなにか飲む？」

「じゃあ、ココアでお願いします」

「了解」

注文を受領してキッチンに向かう。

電気ケトルにお湯が残っていたのでそれを使うことにして、インスタントのコーヒーとココアの粉を準備していると、胸の体操を続けながら姫咲が話しかけてきた。

「ところでお兄ちゃんさー」

「んー？」

「最近、なにかあった？」

「え？　どうして？」

「なんか、めずらしく元気がない気がしたから」

「あー……」

表には出さないようにしていたのだが、こちらの変化を感じ取ったようだ。

話すかどうか迷っていると、体操を中断して姫咲（ひさき）が体をこちらに向ける。

「もっと頼ってほしいな。家族なんだから」

「姫咲ちゃん……」

「あ、そうだ。女の子のおっぱいを揉（も）むとリラックス効果があるって聞いたけど、試しに揉んでみる？」

「さすがに遠慮しておくよ」

それは確実に家族の一線を越えている。

少々残念な気もするが、イトコの胸を揉むのはまた別の機会にしよう。

「冗談はさておき、なにかあるなら相談に乗るよ？」

「そうだね……」

部屋にこもると余計なことを考えそうだし、話してみるのもいいかもしれない。

そんな結論を出して、自分のぶんのコーヒーと、彼女のぶんのココアを淹(い)れてリビングに戻る。

マグカップを渡して隣に腰掛けると、コーヒーをひとくちだけ口に含んだ。

「実は、絢花(あやか)ちゃんとケンカ……になるのかな？　今、ちょっと避けられてるんだよね」

「避けられてる？」

「下着のモデルを頼んだんだけど断られちゃって……今日なんか、もう話しかけないでほしいって言われてさ。もしかしたら俺がなにかしちゃったのかなって……」

「そんなことがあったんだ……」

「なんか相当怒ってたし、もう絢花ちゃんにモデルは頼めないかも……」

モデルの依頼を二度も断られてしまった。

果敢にも二度目の挑戦をした今日は最悪で、焦って暴走してしまったせいで相手を本気で怒らせてしまい、ケンカ別れみたいになってしまった。

「お兄ちゃんはそれでいいの？」

「え？」

「絢花さんとこれっきりで、仲違(なかたが)いしたままで、本当にいいの？」

「俺は……」

諭すような声で問われて考える。

ショックから目を背けていた事実を、このまま絢花(あやか)を失ってしまう未来を、逃げ出すことなく直視する。

そうすると結論はすぐに出た。

「……絢花ちゃんが辞めるのは嫌だ。俺は、絢花ちゃんと仲直りしたい」

考えるまでもないことだった。

今さら絢花との絶縁はありえない。

彼女は昔からの友人で、モデルとして仕事を支えてくれたパートナーで、自分にとって何よりも大切な幼馴染(おさななじみ)なのだから。

「もう一度、絢花ちゃんと話してみるよ」

「うん」

「ダメだったら何度でも話してみる」

「その意気だよ、お兄ちゃん」

「理想のBカップの持ち主だし、ちっぱい担当のモデルは絢花ちゃんしかいないしね」

「お、いつものお兄ちゃんが戻ってきた」

本来の兄の帰還を姫咲(ひさき)が嬉(うれ)しそうに祝う。

「どんな苦境でも諦めないところが、お兄ちゃんの長所だもんね」

過去に嫌がる澪を何度も説得してモデルの協力を取りつけた男だ。

諦めの悪さには定評がある。

「よし、いっちょやってやりますか」

絢花にどれだけ拒絶されようと関係ない。

まだ見ぬ新作ランジェリーのためにも、大切な幼馴染を繋ぎ止めるためにも、全力で彼女にアタックしよう。

◇

翌日の放課後、すっかり第二のアジトと化している被服準備室に、大切な幼馴染である金髪少女の姿があった。

部屋の隅に無造作に置かれた椅子に、縄跳びの縄で縛り上げられた状態で。

むすっとした絢花が、目の前に立つ恵太を睨みつける。

「恵太君……」

「なにかな？」

「さすがにこれは犯罪じゃないかしら？」

「あっはっは」

「笑いごとじゃないんだけど!?」

自身の雑な扱いが不満なようで、怒りの声を上げる絢花さんである。

ただ、一応こちらにも言い分があった。

「俺はむしろ、あんなメッセージでまんまとやってきた絢花ちゃんに驚いてるよ。水野さんが受け入れ準備万端で待ってるなんて普通は信じないでしょ」

「どう考えても釣りですからね」

恵太に続いてそう言ったのは背後に控えた澪で。

今回、スマホを駆使して絢花の拘束に協力してくれたのが彼女だった。

「私もさすがに嘘だと思ったけど一縷の望みをかけたのよ！　澪さんと一夜を共にできるなんて、そんなことを言われたらこないわけにはいかないじゃない！」

「絢花ちゃんの欲望を隠さないところ、俺は好きだけどね」

仲違い中の絢花がこの部屋を訪れたのは恵太たちが仕組んだ罠だった。

澪に嘘の内容をしたためたメッセージを送ってもらい、被服準備室に足を運ぶよう仕向けたのである。

騙されたうえに縛られたのだから文句のひとつも言いたくなるだろう。

「それじゃあ浦島君、わたしは少し席を外すので」

「うん、ありがとう」

気を利かせて澪が退室し、現場には拘束された女子と犯人の主犯格が残された。

「さて、さっそくだけど絢花ちゃん」

「……なによ？　無理やり下着を試着させる気？」

「そんな乱暴なことはしないよ。今日は話がしたかっただけだからね。幸い、絢花ちゃんも話し合いに応じる気はあるみたいだし」

「……」

いくら絢花が無類の女の子好きとはいっても、あんなあからさまな罠に引っかかるとは思えない。

彼女は誘導されたのではなく、自分の意思でここにきたのだ。

「話をするのは構わないけど、下着のモデルならしないわよ？」

「そこがわからないんだよね。どうして急にそんなことを言い出したの？　今までモデルを嫌がったことなんかないのに」

「黙秘権を行使するわ」

「そうきたか」

予想はしていたが、やはり素直に話す気はないようだ。

「それにモデルなら、雪菜(ゆきな)さんか瑠衣(るい)さんにしてもらえばいいじゃない」

「ん？　なんで雪菜ちゃんと浜崎(はまさき)さん？」

どうしてここでふたりの名前が出るのだろう？

その瞬間、普段はニブチンな浦島恵太が神がかり的な察しの良さを発揮する。

「もしかして絢花ちゃん……」

「な、なによ……？」

「あのふたりに嫉妬してた？」

「っ!?」

その指摘をした瞬間、彼女の顔がぼっと一気に赤くなる。

明らかに図星な反応だ。

「え、ほんとに？　ここのところ、あんまり絢花ちゃんと絡みがなかったから？」

「……か、仮にそうだとしたら？」

「なるほど、そうだったのか……絢花ちゃんは雑誌でも活躍するプロのモデルなのに、最近は他の女の子にばかり試着を頼んでたから嫉妬してたんだね」

「どうしてそうなるの!?」

「うんうん、大丈夫だよ。言わなくても全部わかってるから。俺はちゃんと、絢花ちゃんがいちばんすごいモデルだと思ってるよ」

「ぜんぜんわかってないんだけど!?」

大きな声を出したせいだろう。気づくと絢花が肩で息をしていた。

「……たしかに嫉妬してたけど、そういう意味じゃないのに……」

「？？？　どういうこと？」

よくわからないが、こちらの見立ては見当違いということだろうか。

すると絢花が「はあ……」とため息をつく。

「もういいわ。なんだか悩んでたのが馬鹿らしくなっちゃった」

「悩んでた？」

「……だって最近の恵太君、雪菜（ゆきな）さんや瑠衣（るい）さんばかり構うんだもの……。私が恵太君の初めてのモデルだったのに……」

「それって……」

思い返すと、この半年で一気に仲間が増えた気がする。

春に澪（みお）が仲間になって、そのあと雪菜と瑠衣も加わって。

メンバーが増えてからはみんなに下着の試着を頼むようになったし、絢花だけじゃなく、他の子と関わる機会も多くなった。

「たしかに最近は雪菜ちゃんのダイエットに付き合ったり、浜崎（はまさき）さんとのコラボ企画にかかりっきりだったけど……もしかして絢花ちゃん、寂しかったの？」

「……イジワル。ぜんぶ言わなくてもいいじゃない」

その苦情に思わず笑みがこぼれた。

可愛い幼馴染による、可愛すぎる文句がむしろ嬉しい。もっと深刻な理由を想像していただけに、張り詰めた糸のようだった緊張感がすっきり吹っ飛んでしまった。

「あれ？　でも、それならなんで俺のこと避けてたの？」

「う……それは……」

なぜか言いにくそうに言葉を詰まらせる。

それから椅子の上でモゾモゾと、何かを隠すように身をよじった。

当然、縄で縛られているので何も隠せはしないのだけども——

「……ん？」

その瞬間、急激な違和感に襲われた。

「んん～？」

違和感の震源地は彼女の胸部。

むしろ、どうして今まで気づかなかったのだろう？

彼女の慎ましくも美しいラインを描く胸部が、こんなにも人工的で不自然なオーラを発していたというのに。

「まさか絢花ちゃん……ブラにパッドを入れてる？」

「っ!?」

神の鉄槌とも思える追及に、絢花の頬がかあっと朱色に染まる。

そして諦めたように自嘲気味に彼女が笑った。

「ふっ、そこに気づくなんてさすがね」

「いや、まあ正直、俺以外にはわからないレベルの誤差だけどね」

「だから恵太君にはじっくり見られたくなかったのよ」

バストサイズは以前とほぼ同じ。

しかし、パッドによって人工的に盛られた胸特有の不自然さは隠しきれていなかった。

「けど、どうしてパッドなんて……」

「も、黙秘権を行使します」

「ここで!?　もういいから喋っちゃいなよ！」

もう逃げないだろうと思い縄跳びの縄をほどく。

すると、握った拳を膝の上に置いた絢花がぽつぽつと経緯を話し始めた。

「実は私、大変なことをしでかしちゃって……」

「まあ、パッドは大変なことではあるよね」

「ダイエットしたら胸から痩せちゃったんですぅっ!!」

「そんなことだろうとは思ったけどね」

パッドが判明した時点である程度の予想はついていた。

本人の供述によると、二週間ほど前にダイエットを試してみたところ、見事にバストだけ痩せて一時的にA寄りのBカップになってしまったという。

純然たるBから、A寄りのBへの転落。

男の感覚からしたら誤差の範囲内だが、女の子にとっては大事件だ。

「体重の変化によってカップ数がいったりきたりする人ってけっこういるからね。減量したら胸から落ちたっていうのもよく聞く話だし」

これぱかりは人体の神秘なので仕方ない。

どうりで先日も自分の胸元を鞄で隠していたわけだ。

「そもそも、絢花ちゃんにダイエットなんて必要ないでしょ」

ただでさえ小柄で華奢な体型なのだ。

無駄なお肉などいっさいないし。だからこそ胸だけが痩せてしまったわけだし。

「女の子として、少しでも自分磨きをしようと思ったのよ」

「自分磨き？」

「だって、このままじゃ他の子に恵太君を取られると思ったんだもの……」

「え？　それって……」

「今年に入ってモデルをしてくれる子が一気に増えたし、みんなすごく可愛い子たちだし、私も努力しないと置いていかれるって……」

「あ、ああ……そういうことね」

一瞬、勘違いしそうになってしまった。

後輩の雪菜(ゆきな)のように、絢花が自分に好意を向けてくれているのではないかと。

そんな奇跡のような出来事が、そうそうあるはずもないのに。

「でも結果的に胸だけ痩せちゃって……恵太君は私のBカップの胸が可愛いって言ってくれてたのに、無い乳になったってバレたら愛想を尽かされると思って……」

「それで試着を拒否してたんだね」

「恵太君にじっくり見られたら、服の上からでもバレちゃうから」

パッドを入れて巧妙に減った分を誤魔化(ごまか)していたが、さすがに試着会をすればバレてしまうので必死に抵抗していたとのこと。

「はあ、よかったぁ」

「ぜんぜんよくないわ！　A寄りのBになっちゃったのよ!?」

「そっちじゃなくて」

椅子に座った彼女の前で膝をつく。

そうして差し出した手で、彼女の手をそっと握った。

「絢花ちゃんに嫌われたんじゃなくて、よかったなって」

「恵太君……」

「俺は、絢花ちゃんの胸が少しくらい小さくなっても気にしないよ」

「でも、やっぱりこのままじゃ……」

「ふむ……まあ、デリケートな問題だしね」

女の子にとって、バストサイズに関する悩みは無視できない問題だ。

雪菜のダイエットの時とは真逆の状況。

あの時は余分についてしまったお肉を燃焼させることで解決したが、今回はどうしたものか。

(要は、バストアップができればいいんだろうけど……ん？　バストアップ……？)

それはつい先日、耳にしたばかりのタイムリーなキーワードで。

次の瞬間、恵太の頭に奇跡的な閃きが舞い降りた。

「絢花ちゃん、その件だけど、俺に任せてくれないかな」

「なにかいい方法があるの？」

「うん。うまくいけば、短期間で効果が見込めるかもしれない」

「ほんとう⁉」

死んだ魚のようだった幼馴染の目に光が戻る。

砂漠でオアシスを見つけたようなキラキラとした眼差しを向けてくる絢花に、恵太は笑顔でその方法を告げる。

「俺の手で、絢花ちゃんの胸を揉みしだけばいいんだよ」

「……はい？」

数分後、恵太とブレザーを脱いだ絢花が準備室に置かれたソファーに座っていた。

普通の座り方ではなく、体を斜めにして腰掛けた絢花の背後に恵太が座る奇妙な配置で、顔だけ振り返った幼馴染が怯えたように尋ねてくる。

「ほ、本当にするの……？」

「絢花ちゃんは嫌？」

「い、嫌じゃないけど……ほんとにこれで胸が大きくなるの？」

「大丈夫。俺に任せて」

根拠はないが、まったく効果のない体操をテレビで紹介したりしないはずだ。

本当にこういったバストアップ体操に効果があるのなら、この世にバストサイズで悩む貧乳女子は存在しなくなるのではないかという一抹の疑問はあるものの、望みを捨てさえしなければ可能性はあると思うのでチャレンジすることが大事だと思う。

「そもそも、恵太君ってちゃんとマッサージできるの？」

「そこはほら、姫咲ちゃんがやってるのを見てたから」

間近で見たから手順はしっかりと憶えている。

（それよりも問題なのは、この行為が倫理的に許されるかどうかだよね……）

恋人でもない女の子の、慎ましいとはいえ確かに膨らんだ異性の象徴にふれるばかりか、揉みしだこうというのだから常軌を逸している。

常識的に考えれば、とてもではないがまともなアイデアとは思えないが……

（それでも俺には、ランジェリーデザイナーとして絢花ちゃんの悩みを解決する義務がある！）

そう、言ってしまえばこれは仕事の延長なのだ。

プロのランジェリーデザイナーとして、女の子の悩みを解決するための行為であり、恥ずかしいことでもなんでもない。

むしろ、後ろめたいと思うほうが相手に失礼だろう。

「じゃあ、いくよ？」

「え、ええ……」

念のため確認を取ったあと、覚悟を決めた恵太は背後から彼女の胸にふれた。

「ひゃうっ!?」

「あ、ごめん。痛かった？」

「だ、大丈夫よ。慣れない感覚で少しびっくりしただけだから。続けてちょうだい」

「わかった」

頷(うなず)いて施術を再開する。

昨日の姫咲(ひさき)の手の動きを思い出しながら、絢花の控えめな胸を揉んでいく。

あらかじめパッドとブラは外してもらっていたのだが、ブラウス越しとはいえ、慎ましくも柔らかな胸の感触は凄(すさ)まじい破壊力でクラクラする。

おまけに――

「ふ……んんっ……け、恵太くぅん……っ」

こんな感じで、目に涙を浮かべた幼馴染(おさななじみ)がせつなげに声を震わせるのだからたまらない。

ただのマッサージのはずなのに変な気持ちになってくる。

(無心になれ！　無心になるんだ浦島(うらしま)恵太っ!!)

ここで性欲に呑(の)まれたら信じて体を委ねてくれている絢花に失礼だ。

男としての煩悩は捨てろ。

必要のない感情を排斥し、ひたすら手だけを動かして、ただ彼女の乳房をマッサージするだけの機械になるのだ――

「……なに、してるんですか？」

「はっ!?」

第三者の声で我に返る。

声のしたほうを見ると、いつの間にか被服準備室のドアが開いており、能面のような顔の澪が立っていた。

アレからずいぶん時間が経ってるし、話し合いも終わったと思って戻ってきたらしい。

「あ、いや、これはね水野さん。こないだテレビでやってたバストアップ体操で、決してやましい行為ではなく――」

「浦島君……」

「はい」

「これはさすがにアウトだと思います」

「ですよねー」

正直、途中からさすがにやばいと気づいてはいた。

さんざん小振りな胸をマッサージされた絢花はといえば、首筋に汗を浮かべてぐったりとしており、状況のまずさに拍車をかけている。

「お説教しますから、浦島君は床に正座してください」

「御意」

その後、潔く正座した恵太は澪に事情を説明し、なんとか許してもらうことができた。

ちなみに、この時のバストアップ体操が功を奏したかどうかは不明だが、絢花のバストは数日で元の純然たるBカップに戻りましたとさ。

◇

とある九月下旬の放課後。

学校から直行したマンションの自室で、遂(つい)に念願の試着会が実施された。

モデルの準備が済むまで部屋の外にいた恵太が中に入ると、ベッドの傍(そば)に下着姿の金髪少女が立っていて、宝石みたいな青い瞳を向けてくる。

「……ど、どうかしら？」

「最高すぎるね」

思わずサムズアップするくらいに最高の光景だった。

可愛(かわい)い女の子と可愛いランジェリーの夢のコラボに、もはや感動すら覚えるレベル。

狙い通りではあるが、やはりふんわりとした生地のブラやフレアパンツと、小柄な女の子の組み合わせは素晴らしいものがある。

「それじゃあ、さっそく写真を撮ろう！」

「なんだか嬉(うれ)しそうね」

「久しぶりの試着会だからね」

話をしながらも、スマホのカメラを彼女に向けてシャッターを切る。

下着姿の女の子を前から後ろから、ややローアングルからも撮影し、資料用の写真を撮り溜めていく。

「うーん……現状でもほぼ完璧だけど、もう少し裾を短くしてもいいかな……」

「ま、まだ終わらないの？」

「そうだね。このあと浜崎さんもくる予定だから、しばらく着替えられないかな」

「そう……」

「？」

どうかしたのだろうか。

いつもはノリノリで下着を披露してくれるのに、今日の絢花は雰囲気が違うというか、モジモジと落ち着かない様子だ。

「大丈夫？　少し顔が赤いけど、風邪でも引いたかな？」

「そ、そんなことはないわよ？」

「そう？」

本人はこう言っているが、少し気になって距離を詰める。

自分と彼女の前髪を手で押さえ、額どうしをくっつけた。

「うーん……熱はないようだけど……」

「あ、あの……恵太君？」

「うん？」

「その……ちょっと近すぎるので……」

「あ、ごめん」

近いというか、額をくっつけていたのでゼロ距離だった。

お互いの息がかかる距離だし、特に彼女は下着姿なのでいろいろと思うところがあるのだろうと、すぐに体を離したのだが――

「きゃっ!?」

こちらと同時に絢花が後ずさったため、ベッドのふちにむき出しの脚をぶつけて彼女がバランスを崩してしまった。

「絢花ちゃん!?」

後ろに倒れそうになった幼馴染（おさななじみ）に反射的に手を伸ばし、なんとか相手の手を掴（つか）んだものの、既に救出は不可能なタイミングで――

結局、彼女に付き添う形で、折り重なるようにベッドに倒れ込んでしまった。

「……」

「……」

ふたりぶんの沈黙は、突然の事態に処理が追い付かないことで生まれた空白。

ほんの数秒の密着のあと、いち早く我に返った恵太が慌ててベッドに両手をつき、体を離す。

　すると、微かにかすかに潤んだ瞳でこちらを見上げる幼馴染おさななじみと目が合った。

「絢花あやかちゃん、大丈夫？」

「え、ええ……」

　どうやら無事のようだ。

　見たところケガもなさそうで安心する。

（というか、この状況ってなんだか……）

　相手にケガがなくてなによりだが、遅ればせながら自分の置かれた状況の危険さを実感して徐々に血の気が引いていく。

　今は試着会の真っ最中。

　モデル役の絢花はなんというか、とても無防備な状態で。

　具体的には、真新しいブラとショーツ以外は身に着けていない状態で。

　制服姿の男子が、下着姿の女の子をベッドに押し倒しているかのようなこの状況はなんだかすごく、倫理的にまずい気がするというか。

　ベッドから下りれば解決するのに、どうしてか金縛りにあったように動けなかった。

　その理由は、間違いなく幼馴染の姿に見惚みとれていたから。

　愛らしい頰ほおとか、綺麗きれいな首筋とか、サラサラとした金糸のような長い髪とか。

　彼女を構成するパーツがいちいち眩しくて困るし。

　なにより、何かを訴えるようにせつなげに潤んだ瞳から目を離すことができなくて――

「恵太先輩……」

「浦島……」

「はっ!?」

　自分たちのものではない、ふたりぶんの女子の声で我に返る。

　声がしたほうに顔を向けると、いつの間にか部屋のドアが開いており、鞄を手にした二名の女子高生が立っていて。

　制服姿の彼女たちは、示し合わせたように細めた目で恵太のことを見ていた。

「試着にかこつけて女の子を襲うなんて……」

「恵太先輩は小さい女の子がタイプだったんですね……どうりで私になびいてくれないわけです……」

「誤解が斜め上すぎる!?」

　一難去ってまた一難。

　幼馴染と仲直りを果たし、試着会ができて一件落着かと思ったのに、浦島恵太の下着作りはまだまだ波乱が続くらしい。

第四章　新米デザイナーはうつむかない

Lingerie girl wo okini mesu mama

九月も終わりが見え始め、夏季制服から冬季制服へと衣替えが行われたその日の放課後、久方ぶりにブレザーを着た澪は被服準備室に向かっていた。

「なんだかあの部屋、リュグの第二の拠点みたいになってますよね」

ハロウィンのコラボ企画がもう一ヶ月後に迫っている。

縫製を担当する工場との兼ね合いもあるので、来月上旬にはデザイン関係の仕事を終わらせないとマズいらしい。

そのため、最近の恵太と瑠衣は昼休みも被服準備室で仕事に勤しんでいるのだ。

元々ミシンなんかの機材も揃っているので都合がいいというのもあるだろう。

「楽しみですね。そろそろデザインも出揃うみたいですし」

それが恵太に協力するうえでいちばんの報酬である。

彼の生み出すデザインを見るのはやはりワクワクする。

ずっとリュグの下着に憧れていた自分が、その制作に携わる立場になるとは思いもしなかった。

これまでの出来事を思い返し、口元を緩ませたタイミングで目的地に到着。

特別教室棟の二階、被服実習室の横に位置する準備室のドアを開ける。

「おつかれさまでーす」

いつものように挨拶をしながら澪が部屋に入ると、既にメンバーの四人がテーブルを囲んでいて、

「やあ、水野(みずの)さん……」

「澪さん、おつかれさま……」

どこか疲れた様子の恵太と絢花(あやか)がそう返し、

「おつかれ……」

「おつかれさまです……」

続いて彼らの向かい側、ムスッとした表情でチクチク縫いものをしていた瑠衣と、つまらなそうにスマホを弄(いじ)っていた雪菜(ゆきな)がそれぞれ顔を上げて挨拶を返した。

「？」

なんだろう？

なんだか全体的に様子がおかしい。

率直に言って空気が重いし、狭い部屋の中に、隠しようのない濃度の険悪な雰囲気が漂っている。

瑠衣と恵太なんか、お互いに目を合わせないよう全力で顔を背け合ってるし。

明らかに尋常ではないメンバーの様子に澪が眉をひそめる。

「え？　なんですか、この地獄みたいな空気は？」

「「「「…………」」」」

その質問に四人が同時に視線を逸らした。

ハロウィンコラボのランジェリー作り、その締め切りまで約二週間。

あまり時間がないというのにチームの空気は最悪でした。

◇

「──それで？　今度はなにがあったんですか？」

重い空気に耐えかねた恵太が学校を出たあと、本屋のバイトに向かうという澪と帰路を進んでいると、隣を歩く彼女が心配そうに尋ねてきた。

「浦島君たちがあんなにギスギスしてるの、初めて見ましたけど」

「まあ、ちょっと……いろいろありまして……」

先日、浦島家の自室で起こったハプニングについて簡単に説明する。

絢花を招いた試着会で彼女を押し倒してしまったこと。

それをあとからやってきた雪菜と瑠衣に目撃されてしまったこと。

それほど長くないので報告はすぐに終わった。

「つまり、事故で絢花先輩をベッドに押し倒してしまい、その現場を雪菜と瑠衣に見られてしまったと」

「そういうことです」

「それはプチ修羅場ですね」

「俺的には純然たる修羅場だったけどね」

「まあ、浦島君が無理やり女の子に迫ったりする人だとは思ってませんが、もう少し注意はするべきでしたね」

「そうだね……」

気心の知れた幼馴染(おさななじみ)とはいえ異性は異性。

いろんな意味でもっと配慮するべきだった。

「いちおう浜崎(はまさき)さんたちには誤解だって伝えたし、絢花ちゃんにも説明してもらったんだけど、まだ俺のことを警戒してるみたいなんだよね……」

「ふたりが怒ってるのは、そういうことじゃないと思いますけどね」

「どういうこと？」

「わからないならいいです」

「？？？」

どうにも要領を得ないが、詳しく教えてはくれないようだ。

ここでいったん会話を切り、澪がため息をつく。

「まったく……締め切りまで時間がないのに、リーダーの浦島君がチームを崩壊させてどうするんですか」

「おっしゃる通りです」

団体作業において人間関係の悪化は最も避けるべき案件だ。

このままでは今後の作業に支障が出るし、最悪の場合、コラボ企画の失敗に繋がる可能性がある。

「とにかく、早くふたりと仲直りしてくださいね」

「俺としてはそうしたいんだけどね。雪菜ちゃんはともかく、浜崎さんは難しいかもしれない……」

「まだなにかあるんですか？」

「実は試着会のあと、最後のコラボランジェリーについて話し合ったんだけど、お互いのデザイン性の違いで仲違いをしてしまいまして……」

「そんな音楽性の違いで解散するバンドみたいな……それであんなにピリピリしてたんですね」

「ひとりでやってた時は思いもしなかったけど、デザインを共同でやるってことは、こういう意見の対立もあるってことなんだよね。今までは可愛いランジェリーを作れたらそれでよくて、人との繋がりとか気にも留めてなかったけど……人間関係って、こんなに難しいんだね……」

「……」

そこで不意に澪が目を見張った。

意外なものを見たような、驚いたような表情を崩さずに彼女が言う。

「浦島君でも、人間関係で悩んだりするんですね」

「水野さんは俺のことをなんだと思ってるの？」

「あ、ごめんなさい。浦島君は真剣に悩んでるのに……わたし、浦島君はなんでもできる人だと思ってたから」

「なんでも？」

「高校生なのにプロのデザイナーで、思わず見惚れるような素敵なランジェリーを作ってて……なんというか、ずっと遠い場所にいる人だと思ってたと言いますか」

隣を歩きながら、ひとつひとつ。

自分の中の気持ちを拾い上げるように彼女が言葉を紡ぐ。

「でも、今みたいに人間関係で悩んだりしてるのを見てたら、普通の同い年の男の子なんだなって」

「……」

それが、先ほど澪が目を見張った理由。

彼女は恵太のことを思いのほか評価してくれており、そんな男子が弱音を吐いたことが意外だったのだ。

「でも、たしかに人間関係は難しいですよね。いろんな人と関わって、それぞれに気持ちや考え方があるから、仲間とも衝突することだってあると思います」

「うん……」

「ただ、今回は時間がないのが痛いですね……いったんデザインのことは置いておくとして、あの険悪な空気だけはどうにかしないと」

「だよね……」

「瑠衣はもともと浦島君の下着のファンですし、浦島君の立ち回り次第で関係の改善が見込めると思いますよ」

「つまり？」

「ずばり、瑠衣の機嫌を取ればいいと思います」

「なるほど、単純明快だね」

シンプルでわかりやすい。

「それなら、浜崎さんが気に入りそうな可愛いパンツを贈るのはどうかな？」

「わたしはそれでも嬉しいですけど、瑠衣には効果がないと思いますよ」

「そっかー……うーん……」

パンツ以外の解決方法をいろいろ考えてみる。

その様子を見て、澪が優しい表情でクスリと笑った。

「そういえば、週末は文化祭がありますね」

「もうそんな時期だっけ」

「うちのクラスの出し物は展示系ですし、当日は自由時間がたっぷり取れるそうですよ」

「ああ、なんか歴史の展示をするんだっけ」

発起人は一部の歴史好きなクラスの有志たちである。

戦国武将オタクとかそういう感じのメンバーで、彼らによる個人的な趣味を満たすための展示をする代わりに、その他の人員は文化祭中の労働が免除されたのだ。

「それじゃあ、一緒にまわろうか？」

「……へ？」

その瞬間、隣を歩く澪がピタリと足を止めた。

「？　水野さん？」

こちらも倣って立ち止まり、彼女のほうに向き直る。

「どうかした？」

「いや、えっと……あまりに予想外だったので面食らったといいますか……どうしたらこの流れでわたしとまわる流れになるんですか？」

「あれ、なにかダメだった？」

「そうですね。今日の浦島君は全体的にダメダメだと思います」

「全体的に⁉」

全方向のダメ出しをくらってしまった。

すると、右手の人差し指を立てた澪が子どもを諭すように説明する。

「いいですか、浦島君？　これはチャンスなんですよ？」

「チャンスというと？」

「わたしを誘ってる場合じゃないってことです。瑠衣と仲直りするんですよね？」

「あ……」

そこまで言われてようやく思い至った。

人間関係がギクシャクしている今はいわば緊急事態宣言下。

澪を遊びに誘っている場合じゃないし、もっと他に優先事項があるだろうと彼女は怒っているのだ。

「ごめん。俺、水野さんと文化祭まわれたら楽しいなって思って」

「ふえっ⁉」

「ふえ？」

「す、すみません……ちょっと不意打ちだったもので……」

言いながら澪が視線を横に逸らす。

なんだか気まずそうに、急に赤くなった顔を隠すように片手で口元を覆いながら。

そうして最終的にこちらに背中を向けてしまった。

「えっと……大丈夫？」

「大丈夫……ほんと大丈夫なので、再起動するまで少し時間をください……」

しばしの猶予を要請されたのでその場で待機する。

こちらに背中を向けたまま、小声で「浦島君はこういうところなんですよね……いや、別にいいんですけど、こういうところが本当にもう……」などとブツブツ呟いたかと思うと、気を取り直したように澪が振り返った。

「ま、まあ、わたしのことはいいんですよ。今はメンバーの関係修復が最重要事項ですからね」

「あ、うん。そうだね」

必死に取り繕ったような口調が気になったが、たしかに関係修復は重要だ。

彼女の頬がまだほんのりと赤いのも気になったが、なんとなく蒸し返さないほうがいい気がして余計なことは言わないことに決めた。

「文化祭、浜崎さんを誘ってみるよ」

「その意気です」

　遅ればせながらの決意表明に、鞄と共に両手を後ろに回した同級生が満足気に微笑む。

「この機会に、ちゃんと仲直りしてくださいね」


　その日の夜、社員の健康状態を気にかける姫咲の計らいで、いつものように瑠衣を交えた四人での夕食を済ませたあと。

　浦島家のリビングで、ふたりのデザイナーが激しい口論を繰り広げていた。

「だーかーらーっ!!　四つ目は白でフリフリの可愛いヤツがいいって言ってんじゃん!!」

「いやいや、第一弾が可愛いに全振りしたやつだし、最後はセクシー路線の黒いランジェリーがいいと思うね！」

　開いたノートを手に可愛い白の下着を推しているのが瑠衣で。

　タブレットの画面を見せながら、セクシーな黒下着を主張しているのが恵太である。

　ちなみに部屋の中央で言い争うふたりは私服に着替えており、瑠衣は見慣れたパンツルックで、恵太も愛用のスラックスを着用していた。

「浜崎さんには悪いけど、今回ばかりは譲れないね」

「それはこっちのセリフなんだけど？　売り上げを考えたら可愛いほうがいいに決まってるから！」

その後も恵太たちはそれぞれいかに自身のデザインが優れているかを説き、終わらない論争へと事態を進行させていく。

その様子を、ソファーに座った姫咲と乙葉が見守っていたのだが、

「あのふたり、さっきからずっと言い合ってるね」

「そうだな」

「ほっといていいの？」

「私、デザインに関してはノータッチだから」

「そっかー」

我関せずのスタンスを崩さない姉と、姉がそう言うなら自分も口を出すのはやめておこうと傍観に徹する妹。

争いを止める者がいない空間で、口論は更にヒートアップしていく。

「ところで浜崎さん！」

「なによ⁉」

「週末の文化祭、よかったら一緒にまわらない⁉」

「は、はあっ⁉」

突然の提案を受け、瑠衣に初めて動揺が走った。

しかも誤魔化しきれないほど頬を赤くしており、効果は抜群なご様子だ。

「アンタ、こんな時にいきなりなに言ってんの⁉　……ま、まあ別に？　クラスの当番してる時間以外は暇だから、浦島がどうしてもあたしとまわりたいって言うなら付き合ってあげないこともないケド……」

「決まりだね」

話の流れを完全に無視して文化祭の約束を取り付ける恵太たち。

それを、浦島家の姉妹が白い目で見ていた。

「ね、お姉ちゃん？　わたしたちはいったいなにを見せられてるんだろうね？」

「アホくさ……。付き合ってらんないし、私はもう風呂入って寝る」

「あ、わたしも一緒に入る～」

男女の痴話ゲンカほど見るに堪えないものはない。

傍目にはバカップルにしか見えない恵太たちを横目に、姫咲と乙葉のふたりは仲良くお風呂に向かったのだった。

◇

私立翠彩高等学校の文化祭は土曜日の一日のみ行われる。保護者を含めた一般の人の入場も許可されており、文化系の部員にとっては晴れの舞台であり、生徒たちが思い思いの出し物をして盛り上がるお馴染みの祭典だ。

そんなわけで迎えた文化祭の当日。

仕事のパートナーと仲直りするというミッションを抱えた恵太は、本日のターゲットである浜崎瑠衣と校内を闊歩していた。

「あたしとしては準備室で仕事してたいんだけどね。まだまだやることは山積みだし」

「まあまあ、息抜きも必要でしょ？」

「ふん……」

不機嫌そうな瑠衣嬢ではあるが、こちらの誘いを渋々ながらも了承してくれたわけで。

彼女にも仲直りを望む気持ちがあると思いたい。

照れ隠しなのか、交換条件として本日のデート代は全て恵太が奢ることになったが、それくらいの出費は甘んじて受け入れよう。

「てかさ、浦島はなんであたしに声かけたの？　センパイとまわらなくていいわけ？　ベッドで抱き合うくらい親密な仲なのに」

「あれは誤解だってば」

「どうだか。……どうせ澪にでも言われたんでしょ？　文化祭で仲直りしろって」

「鋭いね」

隠すことでもないので素直に認める。

彼女もあまり興味がないようで、それ以上の詮索はしてこなかった。

「俺としては、浜崎さんがOKしてくれたことのほうが意外だけどね」

「まあ、それなりに興味あったしね」

「興味？」

「あたし、去年の文化祭は知らないから。実はちょっとだけ楽しみにしてたんだ」

「あ、そっか。浜崎さんは転校生だもんね」

すっかり馴染んでいるので忘れていた。

彼女は今年の夏に転校してきたばかりなのだ。

「前の学校の文化祭は堅苦しかったからね。出し物もバイオリンの演奏とか、生け花の実演とかだったし。お嬢様学校だから仕方ないのかもしれないけど」

「へー」

「……あとは、浦島の言う通りちょっと気分転換したかったし」

「え？」

「ううん、なんでもない」

聞き返すと、誤魔化(ごまか)すように流して彼女が話題を変える。

「そういや、浦島は店番とかないの？　あたしのシフトはもう終わったけど」

「俺のクラスは展示系だからね。最低限のスタッフがいればいい感じだから」

「それ、やること決まらなくて最後に出てくるやつじゃん」

恵太のクラスは『最初はよかったけど最終的に悲惨な末路を遂げた戦国武将展』なるものをやるらしい。

発起人である歴史オタクの人たちに感謝せねばなるまい。彼らが開催中の店番を一手に引き受けてくれたため、こうして自由に文化祭をまわれるのだから。

「個人的には、クラスの女子が下着姿で接客するランジェリー喫茶をやってみたかったんだけどね」

「アンタね……そんなの許可が下りるわけないでしょ」

「なら今度、試着会の時にでもみんなにやってもらおうかな」

「やらないから」

他愛のない会話をしながら普段より賑やかな廊下を進む。

そうしてふたりが訪れたのは体育館。

文化祭中は、ここのステージで一日中なんらかの催しをやっているので、試しに観てみようという話になったのだが……

「これ、なにが面白いの……？」

「ま、まあ、笑いのセンスは人それぞれだから」

恵太たちが客席のパイプ椅子に座った際、ちょうど始まったお笑い研究会の二人組によるコントは瑠衣のみならず非常に観客ウケが悪かった。

コントというよりは寒いダジャレの応酬というか、ボケ担当にもツッコミ役にもキレがないし、客席のパイプ椅子で船を漕いでいる生徒までいる。

「しかもこの研究会、三十分も尺使うとか正気？」

入り口でもらったプログラムを見ながら瑠衣がすっと目を細める。

「内容もそうだけど、明らかに練習不足だし。学生の文化祭の演目だからある程度は仕方ないけどさ。準備した側がどんなに努力したとか、そういうのって観るほうには関係ないわけで。結果が出せなかったらただの自己満足なのに」

「…………」

ストイックな彼女らしい厳しい意見。

ただ、恵太にはなんとなく、瑠衣が自分自身に向けて喋っているような印象を受けた。

それはたぶん、冷たい言葉を吐く彼女が苦しそうだったからで――

「……ごめん。あたし今、すごくヤな感じだった……」

「俺は気にしてないけど」

瑠衣のせいではないが、寒いギャグのせいで体育館の空気は極寒だ。

午後は演劇部や吹奏楽部といった文化部の発表があるので楽しめそうだが、午前に予定されているプログラムにあまりめぼしい演目はない。

「文化部の出し物でも見にいこうか」

「そうする」

こうしてきて早々、わずか十分足らずで席を立つことになったわけだが……

（まずいね……浜崎さんが目に見えて不機嫌そうだ……）

体育館を出たあと、隣を歩く瑠衣は終始仏頂面だった。

さっきの演目がよほどお気に召さなかったらしい。

（どうにかして挽回したいところだけど……）

次は絶対に失敗できない。

なんとか彼女に文化祭を楽しんでもらわなくては――

平静を装いながら密かにそんな決意を固めていると、不意に見慣れない物体が視界に入って恵太が足を止める。

「……あれ？」

一階廊下の前方、思わず二度見した先にいたのはうさぎの着ぐるみだった。

全身真っ白で、頭部はリアル寄りではなくデフォルメされた感じ。

キモカワというのだろうか、虚ろな表情が絶妙に不気味なデザインで。

木の棒とベニヤ板で出来た看板を手に、お客さんたちにチラシを配っていた。

一年生と思しき女子生徒にチラシを渡し、そのまま立ち去るかと思いきや、振り返った着ぐるみがなぜかじっとこちらを見つめてきて――

「あっれー？　そこにいるのは恵くんじゃありませんかぁ？」

「え？」

「あ、やっぱり恵くんだ。久しぶりだねぇ」

明らかに女の子の、ミルクティーのような甘い声でそう言いながら、うさぎの着ぐるみが恵太たちの前にやってくる。

「浦島、このうさぎアンタの知り合いなの？」

「俺に着ぐるみの知り合いはいないけど……」

「えっ、酷い。――まあ、たしかにこの姿では初めましてだけど。ボクと恵くんはけっこう仲良しのはずなんだけどなぁ？」

「ボク……？　それにその声……」

一人称が『ボク』で、恵太のことを『恵くん』と呼び、間延びした喋り方をする女子。

思い当たる人間がひとりだけいた。

「もしかして、夏帆先輩ですか？」

「正解でーす☆　さっすが恵くん～」

被り物に隠れて顔はわからないが、嬉しそうに夏帆がはしゃぐ。

おそらく初対面だと思うので、瑠衣に彼女を紹介することにする。

「浜崎さん、こちら瀬戸夏帆先輩。秋彦のお姉さんだよ」

「どーもー。三年のマドンナ・瀬戸夏帆でーす♪　よろしくね～」

「あ、ども。浜崎です。……自分でマドンナとか言っちゃうんだ……」

うさぎの中の人のテンションに瑠衣が少し引いていた。

見ての通りキャラの濃い人なのだ。

清楚そうに見えてサディスティックだったり、弟に対して傍若無人だったりする瀬戸家の三姉妹の中でも、この人は特に要注意人物だったりするのだが――

今はそんなことよりも彼女のビジュアルが気になった。

「夏帆先輩、その着ぐるみはなんですか？」

「ああコレ？　それがね、去年の文化祭で他校の男子にナンパされまくったから、会長に今年はコレ着けて過ごせって言われちゃってさ。可愛すぎるのも罪だよね～」

「ああ、なんか騒ぎになってましたね」

一年前の文化祭中、当時の二年生が出店していたメイド喫茶に可愛すぎる女子がいると話題になって、夏帆目当ての一般客が教室に殺到したのだ。

恵太が当時のことを思い出していると、瑠衣が声を潜めて尋ねてくる。

「(このセンパイって、そんなに可愛いの……？)」

「(そうだね。椿さんや柊奈子さんの妹だし)」

「(納得……)」

　仕事で下着屋に寄ったりするので、瑠衣は次女の椿とも面識があった。

　瀬戸家の三姉妹の美貌についてはもはや説明不要。

　今は着ぐるみを着ているのでわからないが、実物は小柄で、ふわふわとした髪が可愛いおっとり系のお姉さんだったりする。

「会長、ボクと同クラなんだけどね。ついでにその格好でクラスの出し物の宣伝もしてこいって言うんだよ？　酷いよね～」

「出し物って、それですか？」

　彼女が手にしていた看板を指さすと「そうそう♪」と着ぐるみが頷く。

　いかにも文化祭の出し物といった看板で、ベニヤ板にペンキで『3－Aのお化け屋敷だよ♡』と書かれている。

　お化け屋敷なのに、字体がかなりファンシーでミスマッチなのが面白い。

「まあ、実際はぜんぜんこわくないから気軽においでよ～。カノジョさんと一緒に」

「や、あたしはカノジョじゃないんで」

「そうなの？　仲良さそうだったから、てっきりカノジョさんかと」

額に拳を当てて「ごめんね♡」とあざといポーズを取る着ぐるみ。

可愛い声と虚ろなうさぎの顔とのギャップがシュールすぎる。

「でも、カップルじゃなくても楽しめると思うよ。うちのお化け屋敷、休憩するのに最適だし。——じゃっ、ボクは呼び込みの仕事があるからこれで失礼するね～♡」

バイバーイと手を振って、着ぐるみが軽快なステップで去っていく。

誰もあのうさぎの中身が美少女だとは思うまい。

「休憩に最適なお化け屋敷ってなんだろうね？」

「……」

「浜崎さん？」

返事がなかったので横を見ると、瑠衣が着ぐるみの背中をじっと目で追っていて。

「ああ、隠されると逆に気になるよね」

「先輩の素顔……気になる……」

廊下で可愛い女子とすれ違った時など、どんなパンツを穿いてるか気になることが多々あるし、秘匿されると暴きたくなるのが人の性だ。

「それで、どうしよう？　お化け屋敷いってみる？」

「いいんじゃない」

せっかく誘ってもらったし、少し興味もある。

瑠衣も乗り気のようなので、満場一致でお化け屋敷を覗いてみることになった。

そんなわけで、恵太たちはさっそく教室棟の四階に向かった。

訪れたのは三年A組の教室。

その入り口には『ようこそ恐怖の館へ♡』と書かれた看板が立てかけてあり、どんな仕上がりになっているのだろうとワクワクしながら中に入ったのだが――

「お帰りなさいませ～、魔王様♡」

「……」

「……」

出迎えてくれた金髪少女の奇抜な挨拶により、思いきり出鼻を挫かれてしまった。

というか、金髪少女は北条絢花その人だった。

彼女はなぜか小悪魔ナースのコスプレをしており、ご丁寧に角やら尻尾やらも完備。

純白のスカートとタイツの間の絶対領域も素晴らしい。

教室に目をやると机を組み合わせたテーブル席がいくつか設けられており、お化け屋敷というより喫茶店のような仕様になっていて、女性警官やら女性教師やらの格好をした悪魔っ娘たちが接客をしていた。

「ねえ、浜崎さん？　これが最先端のお化け屋敷なのかな？」

「絶対に違うと思う」

まあ、魔王様とか言われた時点で違う気はしていたけども。

いろいろと疑問は尽きないが、関係者に訊くほうが早いだろう。

「絢花ちゃん、ここってお化け屋敷じゃないの？」

「正確には、お化け屋敷風コスプレ喫茶ね」

「お化け屋敷風コスプレ喫茶？」

「お化けに扮した可愛い店員が、お客さんを魔界の王である魔王に見立てて接客してくれるってコンセプトよ」

「なるほど」

コンセプトはよくわからないが、状況は理解した。

ここはお化け屋敷ではなくちょっぴり変わった飲食店だ。

「ちなみに私は魔界の病院に勤める悪魔っ娘ナースよ。お金使いが荒くて借金持ちで、病院の収入だけじゃ暮らしていけないから喫茶店のアルバイトもしているの」

「情報量が多すぎる」

「せっかくきてくれたんだし、サービスするからなにか頼んでいくといいわ」

「そうしよっか。だいぶ予想と違うけど」

「まあ、せっかくだし」

瑠衣(るい)の了承を得たところでナースの絢花に席まで案内してもらう。

ふたつの机をくっつけてクロスを敷いたテーブル席。

手作りのメニューには紅茶やコーヒー、炭酸飲料などのドリンク類から、ＢＬＴサンドなどの軽食が用意されていた。

まだお昼前なので紅茶をふたつ頼むと、すぐに絢花が持ってきてくれる。

本格的なティーセットではなく、耐熱仕様の紙コップなのが文化祭っぽい。

「ミルクや砂糖が欲しかったら言ってね。魔界のナースさんが心を込めて混ぜ混ぜしてあげるわ」

「サービス満点だね。どっちもいただこうかな」

「あたしもお願いします」

順番に紅茶にミルクと砂糖を投下してもらう。

適度に甘くなった紅茶を啜(すす)って、恵太(けいた)が幼馴染(おさななじみ)に視線を戻す。

(それにしても絢花ちゃんのナース服、スカートが短すぎやしないだろうか……実にけしからん格好(かっこう)だ)

気づくとスカートとタイツの隙間をガン見していた。

視線に気づいた絢花が頬(ほお)を赤らめ、恥ずかしそうにモジモジする。

それでも構わずに見続けていると、いつの間にか正面の瑠衣が冷え切った目でこちらを睨んでいた。

「浦島……アンタ、どこ見てんの……」

「絢花ちゃんの脚」

「少しは誤魔化すとかしなよ」

「俺、自分の心に嘘はつけないから」

「コイツ、少年みたいな澄んだ瞳で……」

幼馴染の綺麗な脚を思う存分堪能する恵太。

そんな男子を、汚物を見るような目で睨む瑠衣。

そのやり取りを見て、絢花が「はて？」と首を傾げる。

「ふたりって、まだギクシャクしてる感じなの？」

「え？　ぜんぜんそんなことないよね？　俺と浜崎さんはいつだって仲良しだし！」

「そうそう。あたしと浦島はマブダチだもんね！」

「とか言いつつ、全力で目を逸らしてるじゃない」

「……」

「……」

実際のところ、そう簡単に割り切れたら苦労はしない。

ケンカの原因が仕事(ランジェリー)に関することならなおさらだ。

(けど、今日の文化祭を楽しみにしてたって言ってたし……)

自分のつまらない意地で台無しにしたくない。

過去のわだかまりは、いったんわきに置いておこう。

「浜崎さん、このあといきたいところとかある？　今日は浜崎さんがしたいこと、ぜんぶ付き合うよ」

「え、急にどうしたの？」

「今日の文化祭、楽しみにしてたって言ってたから」

「あ……」

まるでいま思い出したみたいな反応。

目をまんまるにした同級生が、毒気を抜かれたように小さく吹き出した。

「ほんと、浦島って意味わかんないよね。女子の脚をガン見してたかと思えば、突然そういうこと言うし」

「いちおう、これでも紳士的な対応ができる男なので」

「自分で言うなし」

ケンカの話題で冷めかけていた空気が元に戻る。

人間、気負わずに軽口を言い合える相手は貴重だ。

やはり彼女とは、このくらいの距離感がちょうどいい。

「……ふぅん？　なんだかいい雰囲気ね？」

「えっ、違いますよセンパイ!?　そういうのじゃないですから！」

「というか、絢花ちゃんまだいたんだね」

「ずっといたわよ。今は混んでないし。……ふんだ。さっきまで私の脚をガン見してたくせに……」

よくわからないが、小悪魔ナースさんの機嫌を損ねてしまったらしい。

瑠衣もそうだが、本当に女の子の取り扱いは難しい。

「その調子で、デザインの件も和解すればいいんじゃないかしら」

「それとこれとは話が別です。もう浦島には負けたくないので」

「ああ、そういうこと。デザインコンテストで負けたの、まだ根に持っているのね」

「ぐ……」

古傷を抉られて瑠衣が胸を押さえる。

今回は勝負じゃなくて仕事だし、勝ち負けの問題ではないのだけども、これは言わぬが花だろう。

「でも、私は瑠衣さんの作ったランジェリーも好きよ？　この間のコラボランジェリーの第一弾も可愛かったし、新作も楽しみにしてるわ」

「新作……」

ぽつりと呟いた瑠衣が視線を自身の紙コップに落とす。

膝の上で拳を握り、唇をきゅっと結んだ彼女は、何かに傷ついたようにその表情を曇らせていて――

「……浜崎さん？」

「え？　……ああ、うん。そうだね。下着作り頑張らないと」

恵太が声をかけると、ぱっと明るい表情に戻る。

その後、何かを誤魔化すように紅茶をちびちび飲む同級生をしばらく観察してみたものの、先ほど覚えた違和感の正体は結局わからず仕舞いだった。

なんちゃってお化け屋敷を出た恵太たちは適当に校内をブラブラした。

各クラスの展示を見てまわったり、外の屋台でスイーツの食べ歩きをしたり、午後からは再び体育館に足を運び、吹奏楽部の演奏や演劇部の公演を観賞した。

雪菜のクラスの『占いの館』に顔を出すと、怪しいローブ姿の占い師と化した雪菜に「私も恵太先輩と文化祭デートしたかったのに！」と文句を言われてしまった。

ちなみに雪菜に占ってもらった結果は『本日の運勢はなんだかんだで先行き不安』との

ことだったが、後輩女子の個人的な私情は入っていないと思いたい。

そんな感じで恵太にとっては見慣れた文化祭の光景だったが、お嬢様学校に通っていた瑠衣には新鮮に映ったらしく、それなりに楽しんでくれていたように思う。

そうこうしているうちに時間が過ぎ、秋の空に夕陽が滲み始めた頃。

手作りのぬいぐるみを展示していた手芸部の部室を出ると、ちょうど廊下の向こうからやってきた長身の男子に声をかけられた。

「あれ、恵太じゃん」

「ああ、秋彦。吉田さんも」

遭遇したのはやや強面なイケメン男子・瀬戸秋彦くんと、短いツインテールが特徴の吉田真凜さんの二人組で、真凜のほうは笑顔で手を振ってくれる。

「秋彦は吉田さんとまわってたんだね」

「俺らのクラス、店番なくて暇だったからな。恵太は浜崎さんと一緒だったのか」

「ども……」

秋彦が瑠衣を見ながら言って、瑠衣は軽く会釈する。

真凜とはコスプレ下着の件で絡みがあるはずだが、秋彦とは顔見知り程度の仲なので、当然だが距離感はそれほど近くない。

「そういやふたりって、一緒に下着のデザインしてるんだっけ」

「そうそう。今、絶賛意見の衝突中なんだけどね」

「だいたい浦島のせいだけどね」

「なにおう」

軽口を叩き合う。

とはいえ本気の言い争いではなく、子犬どうしがじゃれているような軽い感じだ。

その小競り合いが一段落したタイミングで真凛が瑠衣に声をかける。

「ルイルイ、夏コミの時はありがとね」

「え？」

「ルイルイの作ってくれた下着のおかげで、今までいちばん大好きなノドカたんになりきれたよ」

ノドカというのは真凛がコスプレした魔法少女の名前だ。

彼女は自分のコスプレ衣装を自作しており、細部にまでこだわって製作しているが、今年の夏コミは下着までこだわったことで奇跡のシンクロ率を達成したらしい。

「ハロウィンの下着が出たら、ぜったい買いにいくからね」

「あ、ありがと……」

屈託のない笑顔で言われ、照れたように瑠衣が微笑む。

真凛の純真さはひねくれ少女の瑠衣すら懐柔するレベルらしい。

「じゃあ、オレたちはグラウンドにいくから」

「グラウンド？」

反射的に聞き返すと、真凛がニコニコ笑顔で教えてくれる。

「このあと後夜祭あるでしょ。秋彦くんと一緒に踊ろうって約束してるんだ」

「ほほう？　それはそれは」

ニマニマしながら友人を見る。

彼はバツが悪そうに視線を逸らした。

後夜祭といえばキャンプファイヤーだし、キャンプファイヤーといえばダンスである。

どちらから誘ったのか気になるところだが、どちらであってもかなり良い雰囲気なのは間違いない。

ふたりの友人代表として全力で応援したいところだ。

「吉田さん、頑張ってね」

「うんっ！」

弾けんばかりの笑みを返す真凛。

そんな彼女と秋彦が連れ立って生徒玄関のほうへ向かっていく。

順調に仲を縮めるふたりを見ていると、自分のことのように嬉しくなった。

「浜崎さん。後夜祭、俺たちも見にいこうよ」

「………」

「？　浜崎さん？」

返事がなかったので、横から覗き込むようにして呼びかけると、はっと我に返った瑠衣がプイッと顔を背けてしまう。

「ごめん……ちょっと外す……」

「え？」

「先、いってて」

「あっ、ちょっ」

返事を返す暇も与えず、瑠衣が足早にその場を離れた。

なぜか上げた片手で自身の顔を隠しながら。

「えっと……」

思わぬ急展開に事態が呑み込めず、しばし呆然とその場に立ち尽くす恵太だったが、

「もしかして、トレイでも我慢してたのかな？」

それとなく事情を察して納得した。

彼女はあの通り、ちょっぴり素直じゃない性格だし。

恥ずかしくて言い出せなかったのだとしたら悪いことをしたな――などと気遣いが足りなかったことを反省しつつ、指示通り先にグラウンドに向かうことにしたのである。

「おお、もうけっこう集まってるね」

校舎内で瑠衣と別れたあと、生徒玄関で靴を履き替えた恵太がグラウンドに向かうと、既に多くの生徒が集まっていた。

ほとんどは制服姿だが、なかにはジャージを着ている人もいる。

まだ校舎に残っている生徒もいるだろうし、後夜祭の参加は強制ではないので、ここにいるのは全校生徒の半分くらいだろう。

「ん？　あれって……」

周囲の様子を確認していると、やけに人が密集している場所を見つけた。

メインの出入口からやや離れた校舎の壁際。

三年生と思しき男子たちが数人集まっていて、何かと思って目を凝らしたところ、その中心に金色の髪の女の子が立っているのが見えた。

「絢花ちゃん？」

複数の男子に囲まれ、困った表情を浮かべていたのは制服姿の幼馴染だった。

気になって近づいてみると、男子たちの「ぜひ俺と踊ってください！」とか「五分……いや、三分だけでいいので！」という声が聞こえてくる。

「ああ、これってダンスのお誘いか」

　謎は全て解けた。

　ここに集まっている人たちは皆、絢花と後夜祭を過ごしたくて誘いにきたのだ。

「それにしてもすごい人気だね。さすが絢花ちゃん」

　やはり絶世の美少女は違う。

　小柄な体型でありながらファッション雑誌のモデルを務め、同性からも人気を集める絢花の可愛さは今さら語るまでもない。

　それはそれとして、なんだか困ってるみたいなので彼女のフォローに向かうことに。

「皆さん、すみません。ちょっといいですか？」

「恵太君っ!?」

　下級生の登場に驚く絢花と、睨みつけてくる上級生たち。

　内心とてもこわかったが、恐怖の心を押し殺して彼女の横に立つ。

「申し訳ありませんが、絢花ちゃんは俺と先約があるんです」

　そう言いながらアイコンタクトを送り、

「そ、そう！　この人と約束してるので、ごめんなさいっ」

　こちらの意図を読み取った彼女が作戦に乗る。

　本人の口から決定的な言葉が飛び出し、上級生の男子諸君が無念そうに去っていく。

口々に「今年もダメだったかぁ……」とか「いっそ男どうしで踊ろうか……」などと悲しい呟きが聞こえたが、恵太にはどうすることもできない。

「ありがとう、恵太君。助かったわ」

「どういたしまして。大変だったね」

「どうせダンスに誘われるなら、可愛い女の子がよかったわ」

「水野さんを誘ってみたら？」

「ふっ……誘ったけど速攻でお断りされたわ……」

「それはご愁傷様」

彼女の澪への想いは未だ一方通行のままだ。

いつか応えてくれればいいが、望みは薄そうである。

「それにしても大人数だったね。絢花ちゃんは人気者だけど、去年はここまでの騒ぎにはならなかったような……」

「もしかしたら、思い出がほしかったのかもね」

「思い出？」

「私たち三年生にとっては、これが最後の文化祭だから」

「そっか。絢花ちゃんたち、来年には卒業だもんね」

三年生にとってはこれが三度目の文化祭で、最後の文化祭でもあるのだ。

最後に好きな異性と思い出を作りたいという気持ちはなんとなくわかる。

ともかく、ここにいてもしょうがないので移動することに。

ふたりが向かったのはグラウンドの中央付近。

キャンプファイヤー用の木材が組まれたあたりを目指して進むと、生徒たちの中に雪菜と澪の姿を見つけた。

「やあ、雪菜ちゃん。水野さんもおつかれさま」

「あ、恵太先輩に北条先輩」

「おつかれさまです」

雪菜とは占いの館で会ったが、澪とは朝に教室で顔を合わせて以来の邂逅だ。

「ふたりとも、一緒だったのね」

「澪先輩とはさっきそこで会ったんですよ」

「浦島君、瑠衣は一緒じゃないんですか？」

「先にいってくれってさ。たぶんトイレだと思う」

挨拶がてら、四人で近況を報告し合う。

やはり女の子が集まると華やかだ。

ちなみに澪は先ほどまで泉と行動を共にしていたそうだが、グラウンドに出てきた際に別れ、今は女子バレー部のチームメイトのところにいるらしい。

「私、後夜祭って初めてなので楽しみです」

「雪菜ちゃんは新入生だもんね。けっこう盛大に火が上がるし、希望者が集まってダンスもするから、見てるだけでも楽しいよ」

「へ〜」

さりげなく隣に陣取った雪菜と、そんな話をしていた時だった。

『ええー、テステス〜。マイクのテストです。――うん、問題ないみたいですね〜♡』

屋外に置かれたスピーカーから、妙に甘い女子生徒の声が届いて、周囲の生徒たちが一斉に声の主のほうを向く。

キャンプファイヤーの予定地の近く、デデンと置かれた指揮台の上に登壇し、視線を独り占めにしたのは、制服姿でマイクを手にしたとびきりの美少女だった。

澪と同じくらいの身長で、バストはバランスの取れたCカップ。

大きな瞳と、ふわっとした柔らかそうな長い髪が印象的な女子生徒は恵太の知人で、今日も絡みのあった彼女の正体は――

「お、夏帆先輩だ」

指揮台に立つ美少女は三年生の瀬戸夏帆。

既に校内の出し物は終了し、一般客にお帰りいただいてナンパの危険がなくなったため、うさぎの着ぐるみから華麗なる脱皮を果たしたようだ。

「夏帆先輩って、たしか瀬戸君のお姉さんですよね」

「夏帆先輩は生徒会役員もやってるんだよ。いちおう書記なんだけど、役員の男子を全員籠絡して実質的に生徒会の実権を握ってるみたい」

「あれだけ可愛い子にお願いされたら、なんでもしてあげたくなっちゃうものね」

夏帆はその美貌を使って男子役員を操り、裏で生徒会を牛耳っていると噂されているが、弟である秋彦の密告によりその噂が事実であることを恵太は知っていた。

瀬戸家の三姉妹は本当に曲者揃いだ。

長女は傍若無人で唯我独尊な性格だし。

次女はサディスティックな性格だし。

三女も女の武器を最大限に利用する悪女ときた。

そりゃ、秋彦の女性に対する認識も歪むというものだ。

『文化祭も終盤ですが、まだ後夜祭が残ってますよ～。今年も盛大にキャンプファイヤーを実施しますので、最後の最後まで楽しんでくださいね～♡』

美少女・夏帆のスマイルで会場が最高潮の盛り上がりを見せる。

アイドルのような彼女が台から降りると、教師の手によって組まれた木材に火がくべられ、じわじわと大きな炎に成長していく。

ちょうど夜の割合も増してきて、炎の明かりがはっきりと見えるようになった頃。

どこからかゆったりとした音楽が流れ始めて、それが後夜祭開始の合図となった。

グラウンドの中央に集まり、音楽に合わせて踊り始める生徒たち。

それを遠目に眺める観客たち。

グラウンドだけではなく校舎の窓からも誰かが顔を出し、この雰囲気を共有していた。

踊っている生徒の他にも、友人とお喋りしたり、後夜祭の様子を写真に収めたり、みんな思い思いの時間を過ごしている。

ダンスの参加者はカップルが多い印象だが、なかには同性どうしでのペアもいて。

女の子どうしは楽しそうだったが、男どうしのダンスはなんというか、やけっぱち感が否めずほのかに哀愁が漂っていた。

「あ、真凛と瀬戸君だ」

「ほんとだ」

澪が見つけたのは、秋彦と真凛の美男美女カップル。

身長差はあるが、秋彦がうまくフォローしている様子で、お互いに照れが隠しきれていなくて初々しい。

「あのふたり、もう完全にカップルですね」

「実際、もう秒読みだと思うよ」

さすがに秋彦も真凛の好意に気づいているはずだ。

彼のほうも満更ではない様子だったし、あとは時間の問題だろう。

「せっかくだし、俺たちもダンスに参加しようか」

「うーん……どうせなら恵太先輩と踊りたいところですけど、動画とか撮られたら大変なんですよね」

「おお、芸能人っぽい発言だ」

女優はアイドルほど恋愛に厳しいイメージはないが、さすがに男と踊ってるところをリークされたら一大事だ。注意するに越したことはない。

「それなら、わたしと踊りませんか？」

「そうですね。女の子どうしですし」

自然な流れで澪と雪菜がペアを組んだ。

女の子どうしで手を繋いだふたりは、さっそくみんなの輪の中に入っていく。

「それじゃあ絢花ちゃん、俺たちもいこうか」

「え？」

「先輩たちの前で、先約があるって言っちゃったからね」

「そういえばそうだったわね」

「俺と踊ってくれる？」

「ええ、喜んで」

幼馴染に手を差し出すと、その手をそっと取ってくれる。

そこでふと思い出したように絢花が疑問を口にした。

「ところで、恵太君って踊れるの？」

「まあ、なんとか見よう見まねで」

そんな感じで打ち合わせは終了。

そのまま会場であるキャンプファイヤーの近くに移動すると、先に楽しんでいた雪菜たちに倣って踊り始めた。

本格的なダンスなんてわからないし、それは絢花も同様だったが、他の人の動きを見ながら見よう見まねで踊ってみる。

何度か同じ動作を繰り返していると、それなりに形にはなった。

幼馴染の少女と手を繋ぎ、たくさんの人たちと踊りながら火を囲む。

夜の帳が下りつつある空の下、燃え盛る炎を見ていると不思議と胸が躍る。

普段は味わえない、非日常的な光景に心が高揚していく。

（……あれ？）

彼女とダンスを踊っている途中、周囲に視線をやると、多くの生徒が恵太たちのことを見ていた。

いや、正確には、みんな絢花のことを見ているのだ。

（絢花ちゃんは可愛いからね）

彼女の容姿は人目を引く。

見慣れているはずの自分だってそうだ。

炎の明かりに照らされて、彼女の異国色の髪がキラキラと輝いて、この世のものとは思えない美しさに見惚れてしまっている。

そんなふうにじっと見ていたからだろう。

ダンスの途中で目が合って、絢花がおかしそうにくすりと笑う。

「ね、恵太君？　私ね、本当は去年も恵太君を誘いたかったの」

「え、そうなの？」

「ええ。なんかドタバタしてたし、来年もあるからって、けっきょく誘えなかったんだけどね」

「そうだったんだ」

初めて聞く話だった。

誘ってくれたら、きっと一緒に踊れたのにと思う。

「だから今日は、最後の文化祭で素敵な思い出ができたわ」

「……そっか」

頰を薄紅色に染めてはにかむ幼馴染。

照れている彼女がとびきり可愛く思えて、繋いだ手の温もりが愛おしくて、困る。

（ずっと可愛いとは思ってたけど、今日の絢花ちゃんは、なんだかいつもより――）

それは彼女が変わったのではなく、恵太自身の意識が変わっただけなのだが、肝心の本人はまったく気づかないまま。

ふたりのダンスは、踊り手がクタクタになるまで続けられたのである。


ひとしきり踊ったあと、体力の限界を迎えた恵太と絢花が離脱すると、澪と雪菜のペアもダンスの輪から戻ってきた。

「雪菜ちゃん、どうだった？」

「はいっ、すごく楽しかったです！」

よほど満喫できたようで、嬉しそうにニコニコする雪菜だったが、不意に笑顔を寂しそうな上目遣いに変えて見上げてくる。

「でも、やっぱり恵太先輩とも踊りたかったです……」

「え……」

「私、一年かけて多少のスキャンダルはものともしない大女優になりますから、来年の後夜祭は一緒に踊りましょうね？」

「う、うん……」

積極的な雪菜(ゆきな)のアタックにタジタジになってしまう。

そして、後輩とのやり取りを澪(みお)と絢花(あやか)の二人組が興味深そうに観察しているのがこわい。

「浦島(うらしま)君は罪な男ですね」

「未来の大女優をここまで骨抜きにするんだものね」

「ええっと……」

よくわからないが、この流れはまずい気がする。

なんとなく不穏な気配を察知した恵太(けいた)が話題を変えようとして、校舎の中で別れた同級生のことを思い出した。

「そういえば、浜崎(はまさき)さん遅いね」

「まだ校舎にいるんでしょうか？」

「うーん……」

別れてから一時間近く経過している。

いくらなんでも、さすがにトイレからは戻っていると思うのだが……

「とりあえず、連絡してみよう」

ズボンのポケットからスマホを取り出し、画面を開く。

メッセージを送るためアプリを立ち上げると、ちょうどそのタイミングで連絡を取ろうとした相手から新着メッセージが届いた。

「……え？」

確認した恵太の指が止まる。

画面に表示されたのは、一行だけの簡素な文面。

そこには前置きもスタンプも何もなく、ただひと言『ごめん。先に帰る。』という、無責任な事後報告が綴（つづ）られているだけだった。

メッセージを確認したのち、仲間に事情を説明した恵太はひとりで学校を出た。

夜道を急いでマンションに戻り、エレベーターに飛び乗って七階へ上がり、彼女の家へ。

インターホンを鳴らしても応答はなく、呼びかけてみても無反応だったが、扉の鍵が開いていたので通報されるのを覚悟で中に入った。

玄関にはローファーが脱ぎ捨てられており、彼女が中にいるのを確信した恵太は明かりをつけて廊下を進み、彼女の部屋の前で足を止めた。

ドアをノックしたものの、やはり応答はない。

「浜崎さん？　開けるよ？」

ここまできた以上、確認せずに帰れない。

なにより、急に何も言わずに帰った瑠衣のことが心配だったから、失礼を承知で部屋のドアを開け放った。

「浜崎さん……」

「…………」

暗い部屋の中、彼女は着替えもせず、制服姿のまま座り込んでいた。

壁に背中を預けて、抱えた膝に顔を埋めるようにして、まるで卵の殻に閉じこもるヒナのようにその場にうずくまっていた。

呼びかけても応えず、顔を上げようともしない。

聞こえていないわけではないだろうから、単純に話したくないのかもしれないが、だからといって放っておくことなどできない。

「どうしたの？」

ゆっくりと近づいて、目線を合わせるようにしゃがみ込む。

急かすことはせず辛抱強く待っていると、やがて彼女がぽつりと声を落とした。

「ごめん……勝手に帰って……」

「それはいいけど……なにがあったの？」

問いかけると、瑠衣が僅かに顔を上げる。

泣いていたのだろう。目の周りが酷く赤くなっていて痛々しい。

いつも強気な瑠衣が、ここまで追いつめられるなんてよっぽどだ。

「……最近、夢を見るの」

「夢？」

「あたしたちの、ハロウィンの企画が失敗する夢。せっかく作ったランジェリーが、誰にも見向きもされなくて……気づいたら売れ残った下着が床に散らばってて……そこで自分が呆然と立ち尽くしてるんだ……」

「それは……」

「わかってる。ただの夢だって。でも、そういう不安は前からあって……作業しながらも、頭の片隅にずっと居座ってて……そんな夢を見たあとで、センパイや真凛に楽しみにしてるって言われて、急にこわくなっちゃって……」

「……」

人の感情は難しい。

自分の一部のはずなのに、何かのキッカケや、ふとした弾みで自分ではコントロールできなくなることがある。

特に『恐怖』は、自分の意思で制御するのが困難な感情だ。

「浦島と仕事するのは楽しいし、完成した下着も可愛いと思ってる。……でも、いざイベントが近くなったらこわくてたまらなくなった。マチックにいた頃はずっと認めてもらえなかったし……どんなにデザインを上げてもボツばっかりで……。だから、今回もあたしのせいで企画が失敗して、アンタやリュグに迷惑をかけたらと思ったら……」

「それで……」

涙の混じった告白を聞いて、ようやく事の全容を理解する。

ずっと不安に思っていたのだろう。

失敗するかもしれない未来を想像して、その結末に傷ついて、それこそ夢にまで見てしまうくらいに追い込まれていたのだ。

もしも自分がデザインした商品が売れなかったら？

もしもユーザーの心に届かなかったら？

そんなネガティブな不安を呪いのように、延々と自問自答しながら。

ランジェリーのブランドでデザイナーを務めるということは、その仕事の重責は、決して生易しいものじゃない。

（文化祭中、浜崎(はまさき)さんの様子がおかしかった理由はこれか）

会話中に浮かない顔をしたり、ぼうっとしたり。

サインは幾つもあったはずなのに、彼女の強い部分しか見たことがなかったから気づかなかった。

普段の強気な態度は、たぶん彼女にとっては鎧(よろい)のようなもので、繊細で弱い本当の自分を必死に隠していたのかもしれない。

「…………」

どんな言葉をかけたらいいか迷う。

でもきっと、考えたところでどのみち気の利いたことは言えない。

だったら、自分の感じたことをそのまま話してみようと思った。

「急にこわくなったのはさ、それはたぶん、浜崎さんが本気でデザインに向き合ってきたからだよ」

「本気で……？」

「どうでもいいことで悩んだり傷ついたりしないよ。手を抜かずに、本気で打ち込んだから、評価されなかった時のことを考えて不安になるんだ」

たくさんの時間を費やして。

自分の中の全ての情熱を傾けて。

最高に可愛いランジェリーを生み出すために、ひたすら邁進した数週間だった。

努力の分だけ報われたいと思うのは当然の感覚だし、本気であればあるほどダメだった時のダメージが大きくなるから、負うかもしれない痛みを想像して不安になるのだ。

「こわいって気持ちもわかるよ。俺もそうだったしね」

「浦島も？」

「うん。俺が可愛いと思っても、みんながそう思ってくれるとは限らないし、新しいランジェリーを作ってる間は悩んだり不安になったりの繰り返しだよ」

周囲の期待に対するプレッシャーとか。

どうしようもない焦りや不安とか。

何かを生み出す作り手として生きる以上、そういうネガティブな感情は切っても切り離せないものだ。

「だから俺は思い浮かべることにしてるんだ。自分の作ったランジェリーで、女の子が笑顔になってくれる未来を」

「笑顔に……」

「意識してないかもだけど、浜崎さんも俺と同じだよ。ずっと一緒に作業してたから知ってる。浜崎さんはちゃんと、ずっと誰かの笑顔を願って作ってたよ」

「……っ」

彼女の目が涙で滲(にじ)む。

ハンカチを差し出したら、涙と一緒に鼻水も拭かれてしまった。

でも、これで心の中の雲が全て晴れるとは思えない。

それでも気丈に振る舞って、健気(けなげ)に涙をぬぐうパートナーのために、こちらも自分にできることをしよう。

「あのさ、浜崎さん」

「ん、なに？」

「今夜、時間ある？」

「じゃあ、あとで俺の部屋にきてほしいんだけど」

「え……まあ、そりゃ……」

「えっと、それって……？」

「今夜は寝かさないから、そのつもりで準備してきてほしい」

「…………へ？」

唐突すぎるお誘いに、未だ座り込んだままの瑠衣が一時的に全機能を停止する。

間の抜けた顔面を一名の男子にお披露目したのち、柔らかそうな褐色の頬をものの見事に紅潮させて――

「えっ、ちょっ、はああああああっ!?」

先ほどまでのしおらしい雰囲気はどこへやら。

これ以上ないほど真っ赤になった同級生女子による、それはそれは元気な絶叫がマンションの一室に木霊したのだった。

第五章　ケイタに恋は難しい

Lingerie girl wo okini mesu mama

　いったん瑠衣と別れてから一時間後、浦島家の脱衣所で、腰にタオルを巻いた眼鏡レスな恵太は真剣に悩んでいた。

「ふーむ……どっちのパンツにするべきか……」

　目の前にあるのは二種類の男性用下着。

　解放感のある青のトランクスか。

　気を引き締めるグレーのボクサーパンツか。

　この夜を乗り切るのに相応しい下着はどちらなのか――それが最大の問題だった。

「お兄ちゃん、そこ邪魔だからちょっとどいて」

「おおっと!?」

　背後から声がしたと思いきや、突如として乱入してきた姫咲によってスペースを取られてしまう。

　兄貴分を押しのけた彼女は洗面台の前に立ち、自身の歯ブラシと歯磨き粉を手に取る。

「姫咲ちゃん？　普通に入ってきてるけど、今の俺、いちおう全裸なんだよ？」

「歯磨きしにきただけだし。むしろいつも裸を見られてるのは私のほうだし、お兄ちゃんの裸を見たところでなんとも思わないから」

「そ、そっかー……」

イトコの姫咲はクールだった。

ちなみに彼女は恵太の前に入浴を終えており、髪も下ろしていて、あったかそうなモフモフした部屋着を着用している。

「というかお兄ちゃんこそどうしたの？　今日はずいぶん気合い入れてパンツを選んでるみたいだけど」

「ああうん、これから浜崎さんと夜の共同作業があるからね」

「ふえっ⁉」

歯を磨こうとしていた姫咲が物凄い速度で振り向いた。

「よ、夜の共同作業……？」

「そうそう。今夜は寝かさないって宣言もしておいたし」

「え……え？　今夜は寝かさないって……まさか朝までってこと……？」

「？　まあ、時と場合によってはそうなるかな。──よし決めた！　勝負パンツはこっちのボクサーでいこう！」

「勝負パンツ⁉　それに夜の共同作業って……朝まで寝かさないって……それって……それってぇ……っ⁉」

浦島(うらしま)姫咲は現在、中学三年生。

なんだかんだで多感なお年頃のイトコの横で、恵太はフンフンと鼻歌を歌いながら勝負パンツを身に着けたのである。


それから更に一時間ほど経過した午後九時過ぎ、恵太が自室のデスクに向かっていると、コンコンと控えめなノックの音が響いた。

「あの……きたけど……」

「いらっしゃい」

おずおずと顔を出したのは、部屋着姿の浜崎瑠衣(るい)で――

「お、浜崎さんもお風呂上がりだね」

「うん、まあそりゃ……」

ほんのりと湿った髪先を指でクルクルする。

彼女は部屋着姿で、もこもこのホットパンツ姿だったが、気のせいかいつもより気合いが入っているというか、普段より三割増しで可愛(かわい)い気がした。

「そ、それで？　こんな時間に呼び出していったいなんの用なワケ？」

「ああ、さっそくだけど見てほしいものがあるんだ」

「見てほしいもの？」

「さっき、浜崎さんと話してる時に思いついたんだけどね」

言いながら、デスクに置いていたタブレットを手に席を立つ。

彼女が部屋にくるまでの間、思いついたアイデアをラフ画に起こしていたのだ。

そうして形にしたものを共有するべく、両手で持ったタブレットの画面を見せる。

「これ、どうかな？」

「これって……新しい下着……？」

表示されていたのは珍しいデザインのランジェリーだった。

基礎となっているのは大人っぽい黒のブラとショーツなのだが、特筆すべきはそこに加えられた新しい要素。

漆黒の下着の上から、純白のレース生地が、乙女の秘密を覆うカーテンのようにふわりとかかっていたのである。

使用される生地の量は多くなるものの、レースなのでまったく野暮ったさはない。

むしろその生地自体がオーロラのように波打った形になっているので、神秘的で美しいコントラストを実現していた。

「……あれ？」

タブレットを受け取り、画面を確認した瑠衣が何かに気づいて声を漏らす。

「このデザインって、もしかして……」

「うん。俺と浜崎さんの、ふたりのデザインを組み合わせてみたんだ」

ケンカの原因となった両者のデザイン。

浦島恵太の美しいランジェリーと。

浜崎瑠衣の可愛いランジェリー。

異なるふたつのデザインを、ひとつのランジェリーに落とし込んだのだ。

「これならケンカにならないと思うんだけど……どうかな？」

「うん……これ、すごくいいと思う」

そう言う瑠衣の口元は嬉しげに緩んでいて。

それを見た恵太は心の中でガッツポーズをする。

「このランジェリーみたいにさ、ぜんぶ半分こしようよ。楽しいことも、こわいことも、浜崎さんが支えきれない時は俺が一緒に支えるからさ。——きっと、それが一緒に仕事するってことだと思うから」

「浦島……」

自分では自信があったこのデザインも、相手の感触を確かめるまでは不安だった。

周囲の期待がこわいと言った彼女と同じ。

自分の作品を他人に見せるのは常に不安が付きまとう。

　だけど、不安な気持ちを共有できるなら、自分がデザインしたランジェリーで相手が笑ってくれた時の嬉しさも共有できるはずだ。

「……そうだね。浦島と一緒なら大丈夫な気がする。このランジェリーなら喜んでくれること間違いなしだしね」

「ふふん、もっと褒めてくれてもいいんだよ？」

「ここまで可愛くなったのは、あたしのデザインがあったからでしょ」

　文句を言いながら見慣れたジト目を向けてくる。

　どうやら軽口を叩けるくらいには元気が出たようだ。

「……ん？　あれ？　もしかして、あたしを呼びつけたのってこれを見せるため？」

「そうだけど？」

「じゃあ、さっき言ってた今夜は寝かさないっていうのは……？」

「ああ、これからこのデザインをブラッシュアップしないといけないからね。もうあんまり時間もないし、完成するまで寝かさないぞってことだけど」

「ああ……へー……なるほど、そういう……」

　喋りながら、徐々に目から光がなくなっていく同級生。

　これはいったいどういう反応なんだろうと心配していると、こらえきれないというように瑠衣が「あはっ」と吹き出した。

「浜崎（はまさき）さん？　どうしたの？」

「なんか、ちょっと安心して」

「安心？」

「うん。浦島が浦島で安心した」

「？？？」

謎の台詞（せりふ）が謎すぎてクエスチョンマークが量産されてしまった。

女の子は時おり、前触れもなくミステリアスなことを言うから困る。

混乱しきりのビジネスパートナーに微笑（ほほえ）みを返すと、笑いすぎて出た涙を指でぬぐって

新米デザイナーが腕まくりする。

「それじゃあ、今夜はとことんデザインを詰めよっか」

◇

十月も中旬に差し掛かった休日の夜。午後の七時を回ったところ。

浦島家の恵太（けいた）の自室ではコラボ企画の作業が最終局面を迎えていた。

予定していたデザインは全て出揃（でそろ）い、モデル陣による試着とチェックも終わり、あとは

工場に提出する型紙の完成を待つのみ。

澪たちに試着してもらった際、最後にデザインで微調整した部分があったため、今は瑠衣に頼んで修正箇所を型紙に反映してもらっている段階で。

パタンナーも兼任している彼女は恵太のデスクの上に大きな紙を広げ、そこへ線を引く作業に没頭していた。

「……あっ、ここ変えちゃったからこっちもかぁ……」

布から立体物を作るために欠かせない型紙。

ランジェリーの命ともいえる設計図を、小麦色の肌のパタンナーが修正していく。

そしてその様子を、部屋のソファーに並んで座ったモデルの皆さんが興味深そうに見守っていて——

「パタンナーのお仕事ってあまり見る機会はないけど、格好いいわね」

「そうですね」

「浜崎先輩、頑張ってください」

右から順位に絢花、澪、雪菜と美少女三人で構成された応援団。

ワンピースが可愛い絢花に、セーターにハイウエストのスカートを合わせた雪菜。

澪は瑠衣と似たようなパンツルック姿で、すっかり秋の装いとなった女の子たちが口々に声援を送る。

ただ、応援が必ずしもプラスに働くかといえばそうではない。

見られている本人はどうにも落ち着かないらしく、しきりに背後を気にしていた。

「もう試着は終わったし、浦島以外は帰ってもらっても大丈夫なんだけど……」

「せっかくだし、最後まで立ち合いたいじゃない」

「そうそう。完成の瞬間をみんなで分かち合いたいですもんね」

瑠衣の主張を、絢花と雪菜が笑顔で封殺する。

「それに最近、浜崎先輩と恵太先輩がなーんかいい雰囲気ですし？　恵太先輩を狙ってる女子としては看過できないじゃないですか」

「な、なに言ってんの!?　あたしと浦島はそういうのじゃにゃいから!!」

「超噛んでるし……浜崎先輩、めちゃくちゃ焦ってるじゃないですか」

瑠衣がはっと口を押さえるが全てが遅すぎた。

涙目になりながら「あとでおぼえてなさいよ」と呟いて、逃げるように修正作業に戻る。

一連の女の子たちの様子を、少し前に部屋に戻った恵太が「みんな仲いいなぁ」と他人事のように見守っていたのだが――

自分がなぜいったん部屋を離れたのかを思い出し、五人分のマグカップの載ったトレイを手に恵太はドアの前から移動する。

「みんな、ココアを淹れたからどうぞ」

ローテーブルにトレイを置き、ソファーの三人娘にマグカップを配っていく。

最後に自分と瑠衣のぶんを手に取り、デスクのほうへ歩み寄った。

「浜崎さんもどうぞ」

「あ、うん。……ありがと」

瑠衣がマグカップを受け取り、息を吹きかけ冷ましてからココアを口に含む。

「進捗はどう？」

「概ね順調。もう少しで終わりそう」

「俺も手伝えたらいいんだけどね」

「まあ、これはあたしの担当だから」

そう言って、マグカップを両手で持った彼女がニッと笑う。

「それに、楽しみにしてくれてる人達のために、少しでもいいものに仕上げたいしね」

「そうだね」

前向きに考えられるようになったのは良い傾向だ。

最後のデザインをふたりでブラッシュアップした夜以降、デザインに関しても自信がついたようで、瑠衣はすっかり元気を取り戻していた。

「むぅ……あのふたり、またいい雰囲気になってる……」

「恵太君は本当に女たらしね」

ソファーのほうで、嫉妬でむくれる雪菜とジト目の絢花が何か言っていた。

いい雰囲気かはわからないが、順調に事が運んでいるのは確か。

(これなら問題なくスケジュールを消化できそうだね)

そんな感じですっかり安心していた時、部屋のドアが開き、赤いポニーテールを揺らしながらブランドの代表が顔を出した。

「おーい、ちょっといいかー?」

「あれ、乙葉(おとは)ちゃん? どうしたの?」

「確認にきたんだよ。さっき柊奈子(ひなこ)さんからメールがきたんだが、今日締め切りの販促用のキャッチコピーどうする?」

「キャッチコピー?」

「まさか忘れてたのか? 宣伝しやすいように、コラボ企画用のキャッチコピーを付けるって決まっただろうが。雑誌にも載せるから考えとけって言っただろ」

「あ……」

そういえばそんなこともあった気がする。

雑誌に掲載する広告の打ち合わせをした時に、柊奈子が言っていたような……

いつもはキャッチコピーを考えるなんて工程はないから、そんな作業があること自体すっかり頭から抜け落ちていた。

ソファー三人娘のうちのひとり、真ん中の澪(みお)が訊(たず)ねてくる。

「それって、まずいんですか？」

「相当まずいよ……柊奈子さんとこの雑誌の記事にも載る予定だし、これ以上締め切りは延ばせない……」

元々、ハロウィンの企画はイベントの準備期間としてはギリギリだった。

というか、普通は複数の会社がコラボする時はもっと早い段階から協議して、長い時間をかけて内容を詰めていくものなのだ。

当然、広報チームのスケジュールもギチギチで余裕はなかった。

「お、乙葉ちゃん。ど、どどどどうしよう!?」

「言っとくけど、私はそういうセンス壊滅的にないからな。小学校の頃とか、作文の題とか考えるの超苦手だったし」

「俺だってそんなセンスは持ち合わせてないよ」

「そこを無理にでもひねり出せ」

「ええ……うーん……だったら、わかりやすく『ハロウィン限定スペシャルセクシーパンツ☆お菓子をくれなきゃパンチラしちゃうぞ♪』というのはどうかな？」

「却下。いくらなんでも酷すぎるだろ」

「検討すらせずに!?」

一瞬で撃沈した。

あまりにも早い戦力外通告だった。

「恵太は使い物にならんし、こうなったら誰か別の奴に頼むしかないか……」

「でも、そんなセンスのある人なんて……」

締め切りまであと数時間。

この残された猶予でセンスのあるキャッチコピーを生み出せる人間。

そんな都合のいい人材が、そうそう転がっているとは思えないのだけども。

悩みながらふと視線を部屋に戻すと、恵太と乙葉のやり取りを女の子たちが心配そうに見守っていて——

「いたあああああああああっ!?」

できそうな人物がそこにいた。

ソファーに腰掛けた三人のうち、真ん中に座った女の子に駆け寄る。

「水野さん！」

「はい？」

気づくと、両手で澪の肩を掴んでいた。

秋物のカーディガンを着た彼女の両肩を、それはもうがっしりと、絶対に逃がさないというように完璧なホールドを決めていた。

「お願いだ、水野さん……」

「えっと……？」

「俺に水野さんの力を貸してくれないかな？　具体的には、水野さんの独特なセンスで素敵なキャッチコピーを考えてほしいんだけど」

「いやその、そんなこと急に言われても……」

「水野さんならできると思うんだ。お弁当に変な名前を付けてる水野さんなら」

「あー、たしかに澪ってキャッチーな名前を考えるの得意だよね」

恵太の発言に瑠衣も同意する。

もやし尽くしの『もやし天国弁当』に、それを辛口で統一した『もやし地獄弁当』。最近では『芋男爵の大行進弁当』など、彼女の独特なネーミングセンスはとどまるところを知らない。

「そんなに変ですかね……たしかにバイト先の本屋でも、店長におすすめしてる本のキャッチコピーを書いてほしいと頼まれることはありますが……」

「それ、店長さんも澪さんの才能を見抜いてるんじゃないかしら」

「澪先輩、すごい！」

本屋でのエピソードを聞いて外野が盛り上がる。

断りにくい空気が出来上がったところで恵太が畳みかける。

「どうだろう？　もちろんお礼はするし、やってもらえないかな？」

「でも、わたしは素人ですよ？　もしもそれが原因で売り上げが下がっても責任取れないんですけど……」

「もちろん、そうなったら責任は俺が取るよ」

「でも……」

「水野さんしか頼れる人がいないんだ」

「う、うーん……」

怒涛（どとう）の畳みかけに苦い顔をする澪だったが、こういう時の恵太の往生際の悪さを彼女は身をもって知っている。

断りきれないと悟った澪は、諦めたようにため息をついた。

「わかりました。考えてみるので、とりあえず手を離してもらっていいですか？」

◇

それからの日々はあっという間に過ぎていった。

マチック側との調整や工場から送られてきたサンプルの確認など、デザインとパターンが上がってもやることは山ほどあって、乙葉（おとは）や瑠衣と協力して対応しているうちに、停止機能のないジェットコースターのように時間が流れていった。

そうして迎えた十月下旬の平日。

授業を終えた恵太が帰る準備をしていると、鞄を手にした瑠衣が顔を出した。

「やっほー、浦島」

「浜崎さん、おつかれさま」

「これから『ARIA』にいくんでしょ？」

「うん、そのつもり」

実は昨日の夜、乙葉から報告を受けたのだ。

縫製を終えて完成した商品が提携を結んでいるショップに並び始めたと。

なので、さっそく最寄りのランジェリーショップを覗きにいくことにしたのである。

ちなみに最近、真凛と秋彦が正式にお付き合いを始めて、今日も仲良く一緒に帰っていたのだけど——それはまた別の話。

学校を出て、並んで帰路についた恵太たち。

各々、ハロウィンイベントへの想いを語りながら帰路を進み、その途中にあるランジェリーショップ『ARIA』の前にたどり着く。

「どんなふうになってるか楽しみだね」

「うん……」

緊張しているらしく、やや強張った面持ちの瑠衣と店の中に。

すると、バイト店員の椿が出迎えてくれた。

「恵太君、瑠衣ちゃん、いらっしゃい」

ふんわりした笑顔の彼女は瀬戸家の次女で、長い黒髪が素敵な女子大生だ。

清楚そうな見た目とは裏腹に、本性はかなりのドSなのはご愛嬌。

椿の後ろには、いかにも仕事仕様のカジュアルな服でまとめた柊奈子もいて、挨拶代わりに綺麗な手をヒラヒラさせる。

「こんにちは、椿さん。柊奈子さんもいらしてたんですね」

「コラボ企画が始まったし、お店の様子も知りたかったからね」

しかしまあ、こうして美人姉妹が並ぶと壮観だ。

ロングスカートで清楚系の椿。

ブラウスにボトムズを合わせたキャリアウーマン風の柊奈子。

異なるタイプの美女なのに、やはりどこか似ていて血の繋がりが感じられる。

それはそれとして、まずはここにきた目的を果たそう。

「おお、けっこう大きく展開してくれてるんですね」

「ふふふ、そうなんですよ。人気のあるリュグとマチックの初コラボということで、頑張らせていただきました」

嬉しいことに、今回の新作下着を店内でいちばん目立つ場所で展開してくれていた。

展示用のトルソーには、コラボ企画のメインランジェリーであるフレアパンツとふんわりブラのセットが装着されて、その存在感を遺憾なく発揮させているし。

ディスプレイ棚に総勢四種類のランジェリーが並ぶ様はかなり圧巻だ。

恵太（けいた）が感激していると、隣にいた瑠衣（るい）が椿（つばき）の前に進み出る。

「あの、新作の売れ行きはどうですか？」

「まだ店頭に並んだばかりですけど、お客さんに評判でけっこう売れ行きがいいですよ」

「よかった……」

それを聞いて瑠衣が安堵（あんど）の息を漏らす。

そんな彼女に代わり、今度は恵太が椿に訊（たず）ねる。

「ちなみに、どの下着が人気ですか？」

「コラボ企画の件はトゥイッターでもけっこう話題になってますし、やっぱりいちばん売れてるのはメインのランジェリーですね」

「柊奈子（ひなこ）さんの記事でもいちばん大きく取り上げてもらいましたからね」

乙葉（おとは）がリュグの公式アカウントで公開した下着の画像がプチバズりしているらしい。

初めて共同で開発した下着なので、結果が出るとやはりこみ上げてくるものがある。

「記事を書いてて思ったけど、フレアパンツって、形がなんとなくカボチャみたいでハロウィンとマッチしてるよね」

「実はけっこう狙ってました」

「あ、やっぱり？」

柊奈子とフレアパンツの話で盛り上がる。

「他には、カーテンレースのランジェリーが人気ですね。学生からも大人の女性からも評判がいいんですよ」

椿が示したのは最後に制作した、仲直りの象徴となった下着だった。

基本となる土台の黒いブラのデザインを恵太が担当し、瑠衣のデザインした白のカーテンレースが組み合わさって生まれた最新のランジェリー。

リュグのカラーである上品さと。

マチックのカラーである愛らしさ。

異なるふたつの要素が調和した素晴らしい下着だ。

ちなみに試着会でこの下着を試したのは瑠衣で、本人もいたく気に入っているのはここだけの秘密である。

「かくいうわたくしもひとめ惚れしてしまいまして。自分用に購入しちゃったんです。実は今も着けてるんですよ？」

「それは本当に素晴らしいですね」

自分の作ったランジェリーを美女が現在進行形で使っている。

　その事実はなんというかこう、いろいろとたぎるものがある。

「うちの雑誌もコラボの反響がけっこう良くて、前年度より部数が出てるよ。そういえば、あのキャッチコピーを考えたのって恵太クン？」

「いえ、うちのモデルさんです」

「へー」

　澪の考えたキャッチコピーは店内の広告ポスターにも利用されており、丸っこいフォントで『トリックオアトリート！　お菓子をくれなきゃコラボしちゃうぞ☆　キュートでスペシャルなハロウィンランジェリーはいかがですか？』というテキストが躍っていた。

　素敵なキャッチコピーを考えてくれた澪には感謝しかない。

　ちょうどキリよく話が途切れたタイミングで店の扉が開き、若いお客さんが来店した。

「あっ、いらっしゃいませ～」

「こんにちは～」

「どうも～」

　対応した椿に笑顔で挨拶を返したのは他校の制服を着た女子高生二人組で、彼女たちは入ってすぐに販促スペースの前で立ち止まった。

「見て見て！　ハロウィンコラボだって！　下着でもこういうのあるんだ～」

「あっ、このふわっとしたショーツ、すっごく可愛い！」

トルソーに取り付けられた下着を見て目を輝かせる女の子たち。

時間をかけ、心を込めて作ったランジェリーは好評のようだ。

お客さんがはしゃぎながら下着を選んでいるのを、隣で瑠衣(るい)が目を潤ませながら見ていて、そんな彼女に恵太が声をかける。

「嬉(うれ)しいよね。お客さんに喜んでもらえると」

「うん……」

こうして実際に店に並んで、お客さんの元に届いているのを見ると、全ての苦労が報われた気持ちになる。

ランジェリーデザイナーをしていて、いちばん嬉しい瞬間だ。

「……あのさ、浦島(うらしま)？」

「ん？」

「ありがとね」

目元を指でぬぐって、微笑を浮かべた瑠衣がもう一度「ありがと」と口にする。

「あたし、リュグにきて、浦島と一緒に仕事ができてよかった」

一緒に仕事するということは、喜びも不安も等しく分け合うことだと思う。

どっちかにだけ責任があるわけじゃないし。

仕事が成功したら、その時は同じぶんだけ喜びを分かち合えばいい。

その関係はまるで――

「――ああ。なにかに似てると思ったら、デザイナーとパタンナーの関係って、なんだか夫婦みたいだね」

「夫婦……？」

何気なく放ったその言葉を、瑠衣がぽつりと復唱する。

「お、ほら浜崎さん、またお客さんだよ」

「あ、うん……」

帰宅時間だからか、徐々に客足が増え始めた店内。

お客さんの様子を見るのに夢中になって、恵太は隣に立った同級生が、じっとこちらを見ていることに気づかなかった。

「……夫婦になるかはわかんないけど、アンタ専属のパタンナーになるのも悪くないかもね」

◇

「それでは、コラボ企画の成功を祝しまして――カンパーイ！」

「「「カンパーイ!!」」」

ハロウィン当日の夜、浦島家のリビングにて。

ローテーブルを囲んだ澪たち四人のモデル陣が見守るなか、恵太が音頭を取ってパーティーの乾杯が執り行われた。

テーブルには姫咲が用意した肉料理やサラダ、ピザなどのご馳走が並び、各々が好きなものを食べ始める。

人数の関係でこちらに座り切れない乙葉と姫咲はキッチン側のダイニングテーブルに陣取り、姉のほうは既に缶ビールを開けてぐびぐびアルコールを摂取していた。

「コラボ企画、無事に開催できてよかったね、お姉ちゃん」

「そうだな。売り上げもけっこういいし、またやってもいいかもな」

そんな浦島家の姉妹は通常通りの私服姿だったが、モデルの女の子たちはハロウィンということで、思い思いの仮装で参加していた。

軽く紹介すると――

「恵太先輩、見てください」

隣に座る雪菜は鮮やかな赤ずきんの衣装を身にまとい、

「あら、どうしたの？　可愛いお姉さんに見惚れちゃった？」

正面の絢花はいつぞやのアリス風味のうさ耳メイドの服装で、

「……なに見てんの？」

はす向かいの瑠衣はどこから調達したのか本格的な巫女服を着用しており、

「浦島君？　どうかしました？」

上座の澪は普通のスカートにレギンスという私服姿だったが、その頭にはキュートな猫耳を付けていた。

「水野さんは猫娘なんだね」

「はい、お菓子をくれなきゃ浦島君で爪を研いじゃいますよ？」

「こわいこわい」

猫の手のポーズをする澪に即座に降参する。

爪を研がれたらたまらないので、お菓子の代わりに紙袋に入ったコラボランジェリーのサンプル品を渡すと、両手で抱えて「わーい♪」と無邪気に喜んでくれた。

「恵太先輩、私の赤ずきんちゃんはどうですか？」

「どうもこうも、こんなに胸が豊かな赤ずきんちゃんは世界初だと思う」

「トリックオアトリート。お菓子をくれなきゃ結婚しちゃうぞ？」

「口上が斬新すぎる」

「むしろ、お菓子はいらないので結婚してください！」

「ちょっ、雪菜ちゃん!?　みんな見てるから抱きつかないで！」

甘えるように首に抱きつかれてしまった。

身内しかいないとはいえ、大勢のギャラリーの前でベタベタされるのはさすがに恥ずかしい。

実際、メンバーがこの事態に反応を示して、

「浦島のばか……」

巫女服の瑠衣が不服そうにコーラを呷り、

「雪菜さんは、やっぱりいろいろと破壊力がすごいわね……」

アリスに扮した絢花が自分の胸を両手でフニフニとさわり、

「なんだ恵太、モテモテだな。ちゃんと責任は取れよ～」

「お兄ちゃんと雪菜さんが結婚したら、女優のお姉ちゃんができるのかぁ……あれ？　けっこう悪くないかも？」

乙葉と姫咲が口々に勝手なことをのたまった。

実際、姫咲は基本的にメンバー全員と仲が良いし、四人の中の誰と結婚してもうまくやっていけると思うが……

（……いやいや、そもそもなんでこの中の誰かと結婚する前提なのさ）

全員、とびきり可愛くていい子なのは間違いない。

だけど、それと恋愛は別の話だ。

恥ずかしすぎる妄想を振り払い、雪菜の腕も痛くないようにほどくと、余計なことを考

えぬよう黙々と食物を胃に流し込む作業に専念する。

「――あ、そうだ。これ、うちのパパが差し入れだって」

そう言って瑠衣が取り出したのは、高級感のあるオシャレな紙箱だった。

その箱を見て雪菜が黄色い声を上げる。

「あっ、これ有名な洋菓子店のチョコレートケーキですね」

「さすが長谷川。よく知ってるね。せっかくだし、カットしてみんなで食べない？」

賛成多数により、代表してキッチンから果物ナイフを持ってきた恵太が長方形のチョコレートケーキを人数分に切り分ける。

七切れにカットし、ちょうどいい大きさになったそれを小皿に載せて分配。

ケーキを食べるならと、姫咲と澪が全員分の紅茶を用意してくれて、それぞれに行き渡ったフォークでケーキを口に運んだ。

「うわ、なにこれめちゃくちゃ美味しい!?」

恵太が思わずそんな感想を漏らし、

「これはすごいわね……」

絢花が幸せそうに頬に手を当てて、

「わたし、こんなに美味しいケーキ初めて食べました」

クールな表情ながら、澪が普段より興奮した声を上げた。

もちろん姫咲と乙葉からの評判も上々で、瑠衣が持参したケーキは絶賛の嵐だった。

雪菜曰く、高名なパティシエがこだわり抜いて作った逸品らしく、芸能人の間でも贈り物としてたいへん喜ばれるアイテムなんだとか。

「悠磨さん、恐るべし……」

さすがは多くの企業を束ねる社長。差し入れのチョイスもハイレベルだ。

そうして七人がケーキを食べ終え、温かい紅茶でひと息ついた時だった。

お腹も満たされ、のんびりリラックスモードに突入したリビングで〝最初の異変〟が起きたのは。

「えへへ～、恵太せんぱぁい♡」

「え？　雪菜ちゃん？」

隣のクッションに座っていた雪菜が急にぴったりと身を寄せてきたかと思うと、甘えるように恵太の肩に頭を預けてきたのである。

「どうしたの？　眠くなっちゃった？」

「えー？　ただ恵太先輩にくっつきたくなっただけですけど？」

「え……」

ただくっつきたくなっただけとか。

この世のものとは思えないくらい可愛くてドキドキする。

しかし、展開が唐突すぎてなんだか違和感がぬぐえないのも事実。

他の子たちもあまりの事態についていけてないのか、驚いた様子でこちらを注視しているし……

「恵太先輩なら雪菜のこと、お持ち帰りしてもいいんですよ？」

「はい？　雪菜ちゃん、本当になに言ってるの？」

「だからぁ、私をお持ち帰りしたいかどうか訊いてるんじゃないですかぁ」

「お持ち帰りもなにも、ここが俺の家なんだけど……」

言ってることが支離滅裂だ。

それに妙に声が間延びしているし、瞳が微かに潤んでいて、頬もどこか熱っぽい。

「なんか、雪菜の様子が変じゃないですか……？」

「んー？　どれどれ〜？」

澪が雪菜の異変を察知して、その後ろから赤毛のポニーテールを揺らしながら酔っ払いこと浦島乙葉がやってくる。

彼女はちらりと雪菜の様子を一瞥すると、テーブルの上のチョコレートケーキが入っていた箱を手に取った。

「あー、やっぱり……このケーキ、お酒が入ってるじゃん」

「「えっ⁉」」

　恵太と澪が乙葉の両サイドから確認すると、箱に貼られたラベルには確かに少量のウイスキーを含む旨の記載があった。

「姫咲(ひさき)が急に寝落ちしたから変だと思ったんだよね」

「うわ、本当だ……」

　言われてキッチンのほうを見ると、姫咲がダイニングテーブルに突っ伏す形で撃沈していた。

「でも浦島君、こういうお菓子に入ってるお酒って、未成年が食べても問題ない量のはずですよね？」

「たぶん……ただ、お酒の強さは個人差があるから……」

　とにもかくにも結論は出た。

　長谷川(はせがわ)雪菜は、ケーキに混入していたお酒によっておかしくなってしまったのだ。

　しかし原因がわかったところで後の祭り。

　ケーキで酔った女の子の対処法なんて知らないし、タクシーで自宅に送り届けようにも、彼女がお酒の匂いをさせながら戻れば大問題になりそうだ。

「もうっ、恵太先輩、勝手に離れないでくださいよ～」

「うわっ!?」

　ふらふらとやってきた雪菜に抱きつかれてしまった。

横から腰にぎゅっと腕をまわして、甘えるようにすりすりしてくる。

豊かな胸がこれでもかと押し当てられているし、年下の女の子から甘い匂いがして理性が崩壊しそうになる。

（まさか、女の子の下着姿を見ても動じない俺がこんなに動揺するなんて……）

恐るべし、長谷川雪菜。

未来の大女優の名は伊達ではないようだ。

「あのさ、雪菜ちゃん？」

「なんですかぁ？　やっと雪菜と結婚する覚悟が決まったんですかぁ？」

「いや、そんな覚悟は決まってないけども。……というか、自分のこと『雪菜』って呼ぶのめちゃくちゃ可愛いな」

普段の一人称は『私』なのに、酔うと『雪菜』になるみたいだ。

よくわからないが、なぜかすごくキュンとくる。

「とにかく、俺もいろいろ限界だから、いったん離れてくれないかな？」

「むぅ……またそんなこと言って誤魔化して……」

「え……」

焦った。

小さく呟いた後輩の女の子が、雨の日に道端に捨てられた子猫のような、酷く悲しげな顔をしたから。

こちらの腕をすがるように掴んで、顔を上げた雪菜が真っすぐに瞳を向けてくる。

「恵太先輩は、私のことどう思ってるんですか？」

「どうって……」

「答えてください」

「雪菜ちゃん……」

ひりつくような熱い視線にのどが渇く。

自宅で唐突に始まった急展開に混乱しすぎて頭が回らない。

「俺は……」

それでも、何か言わなきゃいけないと口を開いて――

「ダメえええええええええええええええええっ!!」

背後からの叫び声により、出かかった言葉が引っ込んだ。

驚いて声がしたほうを見ると、そこに立っていたのは巫女服に身を包んだ浜崎瑠衣で、
彼女は宣戦布告をするように恵太を指さした。

「長谷川の気持ちに応えちゃダメっ！　浦島はあたしと結婚するんですぅっ!!」

「浜崎さん⁉」

まさかの人物が参入してきた。

案の定、彼女も目が虚ろで、完全にアルコールに支配されているようだった。

「浦島は誰にも渡さないんだから！　あたしがアンタのお嫁さんになって、ゆくゆくはブランドを支えるデザイナーになって、大好きな浦島と、愛する子どもふたりと幸せに暮らすんだからあっ‼」

「未来設計がやけに具体的！」

浜崎さんは子どもをふたりご所望らしい。

未来の旦那さんになる人は大変そうだ。

「瑠衣にまで求婚されるなんて、浦島君は本当にモテモテですね」

「いやいや、きっとケーキのせいで意識が混濁してるだけだよ」

具体的な将来設計はあっても、まだ好意を寄せるような相手はいないから、理想の結婚に身近にいる異性を当てはめているだけだろう。

というか、そうでないと困る。

瑠衣は大切な仕事仲間だし、毎日顔を合わせるのに気まずい感じになりたくはない。

「ちょっと浜崎先輩、雪菜の邪魔をしないでもらえませんか？　恵太先輩と結婚するのは私なんですから！」

「いいえ、浦島と結婚するのはあたしです！」

　雪菜と瑠衣。

　普段であれば対立などしないであろうふたりが至近距離で火花を散らす。

　その火花の火種が、自分をめぐっての所有権争いなのだから頭が痛すぎる。

「まさかこんなことになるなんて……俺はいったいどうしたらいいんだ……」

「なんだか急展開ですね。ワクワク」

「え？　水野さんワクワクしてる？」

　もしかしたら、澪も遅れてお酒が回ってきたのかもしれない。

　このまま全員酔い潰れたらどうしようと頭を抱えていると、ここで雪菜が何かに気づいたように恵太のほうを見た。

「そういえば、恵太先輩は女の子のパンツが好きでしたよね……？」

「え？」

「女の子のパンツさえあれば、ご飯三杯はイケるって言ってましたもんね」

「まったく身に覚えがないんだけど……」

　たぶんそんなことは言ってないし、そこまでいくと変態を超越した何かだと思う。

「どうでしょう瑠衣先輩？　ここはひとつ、どちらのパンツが可愛いか、恵太先輩に決めてもらうというのは」

「よし、乗った」

「乗っちゃうの!?」

もう本格的に意味がわからない。

常識が通用しない世界に恐怖すら覚えてしまう。

「さあ、恵太先輩……」

「ねえ、浦島……」

状況についていけない恵太を無視して、左右に並んだ雪菜と瑠衣が、それぞれスカートと袴の裾を持ち上げながら迫ってくる。

「雪菜と浜崎先輩、どっちのパンツが可愛いか……」

「ちゃんと見て選んでよね？」

「………」

正直に言えば、女の子のパンツは大好きだ。

可愛い女の子とすれ違ったらどんなパンツを穿いているか気になるし、許されるのであれば邪魔なスカートの中にお邪魔してガッツリ観賞したいとすら思っている。

(でも、この状況はぜんぜん嬉しくないんですけど!?)

ふたりとも目が血走ってるし、同時にパンツを見てほしいと迫ってくるのもなんだかこわい。

そんなふうに怯える男子の気持ちを無視して、彼女たちは衣服の裾をたくし上げ、もう少しでふたりの下着が見えそうになったその時——

「……あれ？」

「なんか……急に眠気が……」

雪菜と瑠衣が、急に電池が切れたようにその場にしゃがみ込んでしまった。

雪菜はそのままローテーブルに寄りかかって。

瑠衣はラグの上にうつ伏せに倒れて、ひと言も発しなくなった。

「雪菜ちゃん……？　浜崎さん……？」

力尽きたゾンビのように動かなくなったふたり。

その顔をおそるおそる覗き込むと、

「寝てる……」

両者とも、幸せそうにスヤスヤお眠りになっていた。

たまにお酒を飲んだあとの乙葉もこういう落ち方をするので、それほど取り乱しはしなかった。

「あの、浦島君……いつの間にか絢花先輩も寝ちゃってるんですけど……」

「なんだって？」

澪に言われてそちらを見ると、ソファーに横向きに寝転んだ状態で金髪の幼馴染が就寝していた。

「いつの間に絢花ちゃんまで……」

どうりで大人しいと思った。

かなり前の段階で夢の世界に旅立っていたようだ。

加えて、ダイニングテーブルのほうでは先ほどまでは元気だった乙葉も凄惨なことになっていて、

「う……頭が……頭が割れるように痛い……」

「お姉ちゃん、大丈夫？　もっとお酒、飲む？」

「いや、それ以上は乙葉ちゃん死んじゃうから。……というか姫咲ちゃん、いつの間に起きたの……」

眠りから目覚めたものの、まだアルコールは抜けていないようで、壊れた笑顔で新しい缶ビールを取り出そうとした姫咲を恵太が止める。

「じゃあ、このお酒はお兄ちゃんにあげるね」

「あいにく、俺はまだ未成年だから」

さすがにいろんな条例に引っかかるので遠慮した。

やはりというか、姫咲も既に末期状態だった。

お酒のせいで頭痛を訴える相手に、更に酒を勧めるなんて正気の沙汰じゃない。

椅子に座らせた乙葉に水を注いだコップを渡して、恵太は周囲を見回す。

「まさか、ハロウィンパーティーでこんなことになるなんて……」

リビングは端的に言って地獄絵図だった。

ソファーには金髪のうさ耳メイドが。

ラグの上には褐色の肌の巫女さんがそれぞれ倒れており。

ローテーブルには巨乳の赤ずきんちゃんが寄りかかっていて、『恵太先輩にならを食べられてもいいですよ♡』という謎の寝言を漏らしていた。

乙葉は既に死に体だし、姉の向かいに座り直した姫咲も寝落ち寸前だ。

女性陣の中で澪だけはまだ自我を保っているようだが、少しずつ目が虚ろになってきているし、このぶんではそう長くはもたないだろう。

「どうしてこうなったんだろうね？」

「あえて犯人を挙げるなら、チョコレートケーキを持ち込んだ浦島君のせいですね」

「いや、冤罪がすぎるんだけど。持ち込んだのは浜崎さんだし、澄ました顔して水野さんも記憶が混濁してるじゃん」

見た目だけは通常営業なので気づかなかったが、彼女も既にゾンビのひとりだった。

その後、残された参加者もひとり、またひとりと倒れていくことになるのだが——普通にホラーなので詳細は割愛します。

◇

悪夢のウイスキーパニックから一時間ほど経過した午後十時過ぎ、床の上で気を失っていた恵太が目を覚まし、まだ少し頭痛のする頭を押さえながら体を起こした。

「完全に落ちてた……チョコレートケーキ恐るべしだね……」

周囲を確認すると、ソファーの上で絢花が寝落ちした澪に後ろから抱きつく形で爆睡しており、猫耳娘は完全にうさ耳メイドの抱き枕と化していた。

乙葉と姫咲はダイニングテーブルに突っ伏して眠りこけ、ローテーブルに寄りかかった雪菜は赤ずきんのフードが外れた状態ですぅすぅと寝息を立てている。

その横では瑠衣がラグの上に寝転んでいたのだが、巫女服の袴がめくれてやんごとなき状態になっていたのでそっと元に戻しておく。

「みんなぐっすりだね。……まあ、乙葉ちゃんは普通にビールで酔ったんだろうけど」

寝落ちしてる女の子たちの無防備な寝顔に少し笑って、恵太は窓辺に移動する。

カーテンと掃き出し窓を開けて、リビングからベランダに出る。

柵に手をかけると、頭上に秋の澄んだ夜空が広がり、目の覚めるような冷たい空気が出迎えてくれた。

「さすがに少し寒いね」

もう十月も終わる。

季節も着々と冬の準備を始めているようで、夜に外に出るには上着がないと厳しい。

酔い覚ましに新鮮な空気を吸いたかったというのもあるが、これ以上リビングにいたらいろいろ考えてしまうというか、頭を冷やしたかったというのもある。

というのも――

「告白の返事、どうしようかな……」

夜風にあたりながら思いを巡らせていたのは、先延ばしにしていた雪菜(ゆきな)の告白の件とか諸々(もろもろ)だ。

コラボ企画もあったし、ゆっくり考える暇がなかったが、先ほどのようにああも真っすぐに好意を向けられるとさすがに心が揺らぐ。

雪菜は優しいし努力家だ。

彼女のような素敵な女の子に求められるのは光栄だと思う。

だけど、事はそう簡単な話じゃない。

「父さんに認めてもらうまでは、俺に恋愛する資格なんてないよね……」

仕事と恋愛、ふたつを両立できるほど器用ではない。

その自覚がある以上、やはり今は仕事を優先させるべきだと思う。

「――浦島君？」

「ん？」

声をかけられて振り返ると、先ほど閉めた窓が開けられており、それに手をかけた澪が立っていた。

「水野さん、目が覚めたんだね」

「はい。恥ずかしながら、寝落ちしちゃってました」

おどける彼女はまだ酔いが残っているのか、いつもより少しだけ陽気だ。

そういえば、頭にあった猫耳がいつの間にか外れており、猫娘から普通の女の子に戻った澪が窓を閉め、こちらにやってきて横に並んだ。

「まさか、チョコレートケーキで酔うとは思いませんでした」

「あはは、さすがにハメを外しすぎちゃったね」

「渚に知られたら怒られちゃいます」

「それはたしかに」

シスコン気味な弟くんを思い出して苦笑する。

今回は差し入れのお菓子がたまたまお酒入りだっただけで、飲酒ではないからセーフだと思いたい。

「浦島君はなにしてたんですか？」

「あー……」

本当のことを言うのはなんとなく憚られて、適当にお茶を濁すことにする。

「今回の仕事とか諸々のセルフ反省会ってところかな」

「水野さんも。いつもおつかれさまでした」

「今回もおつかれさまでした」

ふたりで頭を下げ合って、それが終わると同時に笑い出す。

「マチックとのコラボ、成功してよかったですね」

「本当にね」

コラボ企画で生まれたスペシャルなランジェリーはSNSでも広がり、真凛や泉からも愛用しているとの嬉しい報告をもらった。

浜崎夫妻も成功を喜んでいて、また機会があればコラボしたいとまで言ってくれた。

お客さんの反応も好意的なものがほとんどで、企画は大成功と言っていいだろう。

「俺も、他のデザイナーと共同で作業するのは初めてだったから、いい刺激になったよ。浜崎さん、ずっとリュグにいてくれたらいいのにね」

「それって、瑠衣と結婚したいってことですか？」

「違うよ？　どうしてそうなるの」

「冗談です」

普段より少しだけ陽気な同級生が、めずらしく冗談を言ってクスクスと笑う。

「でも、そうですね。わたしも、ずっとリュグでモデルを続けたいです。ここにいるみんなのことが大好きですし、試着は未だに恥ずかしいですけど……それ以上に楽しかったり、嬉しいことがたくさんあるので」

「水野さん……」

優しい笑みを浮かべた澪の、心からの言葉に胸がジンと熱くなる。

「そうだね。——俺も、水野さんにはずっとリュグのモデルでいてほしいな」

この楽しい日々が続くことを願わずにはいられない。

リュグはもう自分だけのものじゃない。

乙葉や姫咲に支えられ、瑠衣や澪たちに協力してもらって成り立っているこの場所は、メンバーみんなにとって大切な居場所なのだ。

だからこそ、絶対にリュグを潰すわけにはいかない。

（そのためにも、早く父さんと決着をつけないといけないね）

正式にブランドを継ぐための条件。

それは恵太が三年生に進級する前に、創設者である父が認めるほどの理想のランジェリーを作ること。

定められた期日は、刻一刻と迫っていた。

◇

それは、ハロウィンパーティーの翌日の出来事だった。

「——あれ、浜崎さん？」

朝、いつも通りの時間に恵太が家を出ると、通路の壁に背を預けた瑠衣が立っていた。

ブレザーをしっかりと着込み、さすがに寒くなってきたからか、長めの黒いニーソックスを着用している。

彼女はまだ眠いのか、それともアルコールが残っているのか、そこはかとなくダルそうな顔をこちらに向けた。

「……おはよ」

「おはよう？」

語尾が疑問形になったのには理由がある。

というのも、普段は瑠衣と登校時間が合わないからで。

彼女の場合、朝はゆっくりしたいタイプらしく、遅刻ギリギリとは言わないまでもやや遅めに家を出るのが通例なのだ。

「めずらしいね、この時間に会うなんて」

「まあ、ちょっとね。アンタを待ってたから」

「俺を？」

訊き返すと、しおらしい態度で瑠衣がコクンと頷く。

「昨日はごめんなさい」

「昨日？」

「パパの差し入れ。まさかケーキの中にお酒が入ってるなんて思わなくて……」

「ああ……。でも、しょうがないよ。知らなかったんだし」

浦島家で開催されたコラボ企画の打ち上げ兼ハロウィンパーティー。

昨夜はいろいろあって遅い時間になってしまったので、恵太がポケットマネーでタクシーを呼び、それぞれの自宅に送り届けたのだが、その原因を作ったのは瑠衣が持ち込んだチョコレートケーキだった。

どうやら瑠衣は、自分のせいで会場を地獄絵図にしたことを気にしているらしい。

「あと……その、浦島と結婚するとか言ってたのも……」

「あ、それも憶えてるんだ」

「まあ……」

これもまた昨夜の出来事。

ケーキに含まれていたお酒によって雪菜が暴走し、それに続く形で瑠衣も暴走し始めたのだが、そこで彼女は雪菜と張り合い、恵太を取り合うような態度を見せたのだ。

「でも、アレだよね。昨日はお酒のせいで意識が混濁してたんでしょ？　だからあんな心にもないことを——」

「——違うよ」

こちらの言葉を遮って、正面に立った瑠衣が真っすぐに恵太を見る。

「あたし、浦島となら本当に結婚してもいいって思ってる」

「え……」

思いもしない言葉に戸惑う。

もたらされた情報に理解が追いつかない。

もう頭の中はぐちゃぐちゃだし、容量オーバーでパンク寸前だ。

なのに目の前の少女は、考える時間さえ与えてくれない。

「あたしね、浦島のこと——」

決意を秘めた表情で、途中まで言いかけた彼女が、直前で思い直したように言い直す。

「恵太のこと、好きになっちゃったから」

エピローグ

Epilogue

「──ちわっす！　チーフ、ちょっと失礼しますよ～」

その夜、フランスのパリにある浦島太一（たいち）の仕事部屋に部下の男が入ってきた。

男は工藤（くどう）といい、歳（とし）は二十五歳。

痩せ型で短髪で目が細く、寝てるのか起きてるのかわからない風貌が特徴だ。

同じ日本出身の若いスタッフで、社内では主に雑用を担当しているが、どんな要望にもそつなく対応するのでスタッフからの評判がいい。

深夜だというのに、会社に残っているのは自分と彼くらいのものだろう。

そんな部下が、起動済みのタブレットPCを手に太一のデスクにやってくる。

「はいこれ、チーフのPCに日本からメールが届いてましたよ！」

「日本から？」

「チーフ、自分宛のメールくらいちゃんと確認してくださいよ。PCだってそのへんに放り出しておくんだから」

「知らん。忙しかったんだ」

「そう言って、忙しくない時なんかないじゃないっすか」

出身が同じなので、他にスタッフがいない時は日本語で話すことにしていた。

そうしないと言葉を忘れそうだから、なんてセンチメンタルな理由じゃない。

単純に、あまりフランス語が得意じゃないのだ。

もっと言えば、人との会話自体があまり得意じゃない。

これ以上、小言を言われるのも煩わしいので、大人しくタブレットを受け取り、いつから開いてないかわからないメールボックスを開いた。

「乙葉か……」

新着メールの差出人は兄の娘の乙葉だった。

彼女は創設者である太一に代わり、現在のリュグの代表をしている女子大生である。

ズボラに見えるわりに几帳面というかなんというか……

自分はもうリュグの人間ではないし、定期連絡は必要ないと言っているのに、こうして定期的にメールを寄越すのだ。

正直このままスルーしたいが、傍で部下が見張っているので仕方なく目を通す。

『先日、お伝えしていたマチックとのコラボの件、無事に成功しましたので報告致します。

なお、添付の写真はおまけです。』

またいつもの業務報告かと思ったが、今回は少し毛色が違った。

「マチック……浜崎の奴のブランドか……」

大学時代からの悪友である浜崎悠磨の娘がリュグに移籍したのは知っていたが、コラボ企画をしていたのは知らなかった。

先日も伝えていたそうだが、そもそもメールを見ていなかったし、現在のリュグの代表は乙葉なので経営に対して指図するつもりはない。

問題は、おまけで添付された写真のほうだ。

「おまけですって……なんだこりゃ……」

写真の場所は乙葉の住んでるマンションのリビングだろう。

ハロウィンパーティーでもしているのか、仮装した見知らぬ女子四人に囲まれ、楽しげに笑っている恵太の姿が写っていた。

「この少年って、もしかしてチーフの息子さんですか？　周りの子、めちゃくちゃ可愛い子ばかりじゃないっすか！」

横から覗いてきた工藤が女子高生を見てテンションを上げる。

そんな部下とは対照的に、太一の表情はずっと晴れないままだ。

「もうすぐ期限だってのになにをしてるんだ、アイツは……」

腐っても自分の息子だ。恵太に下着作りの才能があるのは太一も認めている。

しかし、この大事な時期に女にうつつを抜かしているようでは、自分を唸らせるほどのランジェリーを作るのは不可能だろう。

（期待外れもいいところだったな……）

興味を失い、仕事の続きに取りかかろうと画像を閉じようとする。

その寸前、パーティーの写真の他に、もう一枚画像が添付されていることに気づいて太一は手を止めた。

「これは……」

それは、今回のコラボ企画で恵太たちがデザインしたランジェリーの写真で、黒の下着にカーテンのような白のレースがかかったショーツとブラが収められていた。

「え？　この下着、息子さんがデザインしたんすか？　たしかまだ高校生ですよね？　それでこのクオリティはすごいっすね」

「まあ、腐っても俺の息子だからな……」

その画像を確認した太一の顔に笑顔はない。

それどころか、さっきよりも暗い瞳でその写真を見ていた。

「……おい工藤、こっちでの新規の予定はしばらくキャンセルだ」

「はい？」

「今あるスケジュールを消化したら、少しの間、俺は日本に渡る」

「えっ、日本に!?　……いやでも、そんな急に言われても……」

「悪いが緊急の案件だ。少し気になることができたからな。里帰りついでに息子の様子を見てくるよ」

「様子を見てくるって……」

「少し早いが、この機会にテストしてやろうと思ってる」

「テスト？　……ああ、条件をクリアしたら息子さんに正式にリュグを継がせるってやつでしたっけ？　まあでも、恵太くんは僕から見てもかなりレベル高いし、チーフを満足させられるランジェリーも作れるんじゃないですか？」

「それはないな」

「あれ、なんでですか？」

「恵太がどんなデザインを持ってこようと関係ないんだよ。——だって俺には、リュグを継続させるつもりなんてはなっからないんだから」

今は亡き妻との思い出を掘り起こされるから、自分はリュグを捨てたのだ。

その名前を耳にするたび、最愛の人を失った日の痛みがよみがえるから。

だからこそ、次は確実に終わらせよう。

当時の自分たちにとって幸せの象徴だったブランドを、自らの手で葬ることだけが、リュグに対する浦島(うらしま)太一の願いなのだから。

あとがき

※ネタバレを含みますので本編未読の方はご注意ください。

『ランジェリーガールをお気に召すまま4』をお手に取ってくださり、ありがとうございます。

今回は瑠衣回でしたが、いかがでしたでしょうか。

ブランドの中でも重要なポジションであるパタンナーを務めるヒロインが主軸ということで、お仕事の話とラブコメ半々くらいの構成でした。

もはや別人かと思うくらい甘々になった雪菜ちゃんとか、基本ツンツンしてるけど要所要所でしっかりとデレる浜崎さんとか、何がとは言わないけどなんだかとんでもないことをしてしまった気がする絢花ちゃんとか、主人公を陰ながら支えてくれる水野さんのエピソードなどを書くことができて楽しかったです。

気の強い浜崎さんが実は繊細だったり、悪態をつくのは好意の裏返しだったり、乙女の心が揺れ動く様子が今回の見所ですね。やはりツンデレヒロインは良いものです。

そして四巻はカバーイラストの構図がこれまでと変わり、ベッドに寝転ぶヒロインという大変エモい仕様になっています。

とりあえず太ももの絶妙なムチムチ加減について小一時間ほど語り続けたいところです

が、お叱りを受けそうなので我慢するとして――

このカバーイラスト、浜崎さんともこもこの部屋着の組み合わせが最高すぎますね。可愛い女の子の部屋着姿は本当に素晴らしい。

ある意味、いちばん油断してる時の服装というか、とても無防備な格好なのでなんなら全裸並みの破壊力があると思うのは私だけではないはず。

そう、部屋着はもはや全裸と言っても過言ではないのです……っ！

以上の点を踏まえたうえでもう一度表紙を見てみてください。

ほら、ね？　そそるでしょう？

さて、カバーイラストのエモさを全力で語ったところで、いい感じにページも埋まって参りましたのでそろそろまとめに入りましょう。

恵太たちの恋模様やブランドの行く末など、いろいろと思わせぶりな感じで終わった四巻でしたが、次回は物語が大きく動くことになりそうです。

恋愛に仕事にと、おそらくいつも以上に恵太が大変なことになると思うので、見守っていただければ幸いです。

それでは次は、五巻でお会いしましょう。

花間燈

ランジェリーガールをお気に召すまま 4

2023 年 2 月 25 日　初版発行

著者　花間燈

発行者　山下直久

発行　株式会社 KADOKAWA
〒 102-8177 東京都千代田区富士見 2-13-3
0570-002-301（ナビダイヤル）

印刷　株式会社広済堂ネクスト

製本　株式会社広済堂ネクスト

Printed in Japan　ISBN 978-4-04-682211-6 C0193

●お問い合わせ
https://www.kadokawa.co.jp/（「お問い合わせ」へお進みください）
※内容によっては、お答えできない場合があります。
※サポートは日本国内のみとさせていただきます。
※Japanese text only

◇◇◇

【 ファンレター、作品のご感想をお待ちしています 】
〒102-0071 東京都千代田区富士見2-13-12
株式会社KADOKAWA　MF文庫J編集部気付「花間燈先生」係「sune先生」係